KB123599

로크미디어가
유혹하는
재미있는 세상
ROK
MEDIA
로크미디어

하북팽가 검술천재

하북팽가 검술천재 9

2022년 11월 17일 초판 1쇄 인쇄
2022년 11월 22일 초판 1쇄 발행

지은이 이도훈
발행인 김정수 강준규

기획 이기헌 왕소현 박경무 강민구 조익현
책임편집 주현진
마케팅지원 이원선

발행처 (주)로크미디어
출판등록 2003년 3월 24일
주소 서울시 마포구 마포대로 45 일진빌딩 6층
Tel (02)3273-5135 **Fax** (02)3273-5134
홈페이지 rokmedia.com **E-mail** rokmedia@empas.com

© 이도훈, 2022

값 9,000원

ISBN 979-11-354-8039-3 (9권)
ISBN 979-11-354-7650-1 04810 (세트)

이 책의 모든 내용에 대한 편집권은 저자와의 계약에 의해
(주)로크미디어에 있으므로 무단 복제, 수정, 배포 행위를 금합니다.

작가와의 협의에 의해 인지는 생략합니다.
잘못된 책은 구입처에서 바꾸어 드립니다.

이도훈 신무협 장편소설

9

하북팽가 검술천재

차례

경천동지 (1) 7
경천동지 (2) 55
뜻밖의 보상 113
강 건너 불구경 177
물과 기름 (1) 283

경천동지(1)

객잔 앞에 모여 있는 자들의 대부분은 초조해 보였다.

그들은 하나같이 두 손을 모으고 있었다.

그 모습은 소원을 빌기 위해 와불을 향해 줄 서 있던 자들의 표정과 비슷했다.

과연 어떻게 된 일일까?

서재오와 마찬가지로, 장운현의 사람들도 한빈의 모습에서 관음보살을 엿봤다.

그도 그럴 것이, 한빈이 쉬지 않고 중독된 이들을 관리했기 때문이었다.

관아에서도 버린 마을 사람들을 한빈과 적혈맹호대가 구한 것.

관군마저 가까이 가기도 무서워 그냥 팽개쳤던 역병에 걸린 사람들이었다.

그들에게 물과 식량을 전달하고 치료까지 해 준 한빈의 모습은, 누가 봐도 살아 있는 부처의 모습이었다.

한빈은 일반 백성을 치료하며 그들에게 아무 조건도 걸지 않았다.

그러다 보니 한빈이 관음보살의 현신이라는 소문이 장운현에 돌기 시작했다.

그들은 한빈이 불심으로 독을 치료한다고 착각하고 있었다.

정확히는 한빈이 나눠 주는 환약에 관음보살의 신력이 담겨 있다고 착각하는 것이었다.

그런 소문의 배경에는 천수장 옆 마을에서 살다 온 이들의 증언도 한몫했다.

천수장 근처에 있는 사람들은 한빈을 천하제일 명의로 착각하고 있었기 때문이었다.

객잔을 바라보는 그들의 눈에는 존경심이 가득 담겨 있었다.

물론 모두가 그런 것은 아니었다.

이들 대부분은 아직 한빈의 도움을 못 받은 상인과 무인들이었다. 그런 이유로 반신반의하는 이들도 있었다.

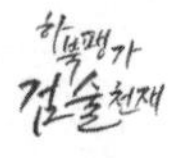

잠시 후.

드르륵, 드르륵.

한빈 일행이 이끄는 수레바퀴 소리에 모두가 시선을 돌렸다.

줄을 서 있는 사람들이 한빈을 보고는 눈을 빛냈다.

그러고는 웅성대기 시작했다.

"드디어 오셨네."

"그러게 말일세."

"오늘도 안 오면 어쩌나 걱정했는데 말일세."

"이제야 살았군."

웅성거리는 그들을 바라본 한빈은 활짝 웃었다.

한빈은 사람 좋은 얼굴로 그들과 눈을 마주치며 지나쳤다.

객잔의 울타리 안으로 들어오자, 심미호가 걱정스러운 표정으로 물었다.

"주군, 괜찮겠어요?"

"뭐가 괜찮아?"

"약재와 식량을 구하러 온 것 같은데……."

심미호가 말끝을 흐렸다.

한빈이 이들에게 도움을 줄지는 심미호도 확신하지 못했다.

어디로 튈지 모르는 주군이었기 때문이다.
심미호의 질문에 한빈은 망설임 없이 답했다.
"필요한 사람이 있으면 나눠 줘야지."
"정말로요? 공짜로 저 많은 사람에게 다 나눠 주신다고요?"
심미호가 놀란 듯 두 눈을 크게 뜨자, 한빈이 실망한 표정으로 그녀를 불렀다.
"심 부대주."
"네, 주군."
"누가 공짜래?"
"공짜가 아니면……."
심미호가 고개를 갸웃하자 한빈이 사람 좋은 얼굴로 웃으며 안으로 들어갔다.
안으로 들어가 탁자에 앉은 한빈이 말했다.
"심 부대주, 초짜처럼 왜 그래?"
"마을 사람들은 공짜로 치료해 주셨잖아요."
"에이, 그 사람들한테는 돈 대신 민심을 받은 거고. 저 친구들한테는 현물을 받아야지."
"현물이요? 식량도 돈도 다 떨어졌을 텐데 어떻게 받아요, 주군?"
"현물이라는 게 꼭 재물만은 아니잖아."
"그게 무슨 말씀이에요?"

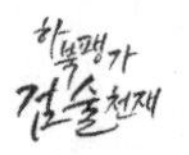

심미호가 고개를 갸웃하자, 한빈은 대답 대신 손가락을 튕겼다.

딱.

그 소리에 맞춰 설화가 소리 없이 나타났다.

설화는 한빈이 지시를 내리기도 전에 탁자 위에 보따리를 풀어 놨다.

그 광경을 지켜보던 심미호는 고개를 끄덕였다.

"역시 지필묵이……."

뭐, 그녀의 예상대로였다.

심미호의 말에도 아랑곳하지 않고, 한빈은 일필휘지로 내용을 써 내려갔다.

내용을 본 심미호는 현물이 재물만은 아니라는 의미를 깨달았다.

그들의 몸도 현물이었던 것이다.

심미호는 그제야 한빈의 깊은 뜻을 알았다.

한빈의 의도는 딱 두 가지였다.

세상에 공짜는 없다는 신념 아래, 대가를 받을 뿐이었다.

대부분의 사람이 자신의 생명마저 공짜라고 느끼며 헛되이 쓰기 마련이었다.

이것이 계약서를 쓰는 첫 번째 이유였다.

계약서를 같은 내용으로 열 장쯤 쓰자 한빈의 붓끝이 멈췄다.

그 모습에 심미호가 물었다.

"왜 안 쓰세요?"

"원래 계약서라는 건 말이야……."

한빈이 말끝을 흐리자, 모두는 마른침을 삼키며 다음 말을 기다렸다.

모두가 침묵하자 한빈은 그제야 다음 말을 이었다.

"모든 글은 희소성이 있어야 그 가치를 발휘하는 거지."

"글이라니요?"

"뭐, 내가 말하는 글이란 명필을 말하는 거야. 말하자면 계약서도 명필이지."

"……."

"후한의 서예가 맹황이 남긴 글이 수만 장이 있다면 그게 제값을 할까? 아니라는 데 철전 다섯 닢을 걸지."

맹황은 서예가로 유명한 옛사람이었다.

"그런데, 맹황의 명필과 주군의 글이……."

심미호의 말이 끝나기도 전에 한빈이 말을 끊었다.

"아주 적절한 질문이야. 심 부대주, 본인의 생각을 말해봐."

한빈이 눈을 빛내자 심미호가 재빨리 말을 이었다.

"저 역시 맹황의 글보다 주군의 글이 더 가치 있다고 생각해요."

말을 마친 심미호가 재빨리 포권하며 뒤로 한 발 물러났다.

붓을 놓은 한빈은 나머지 사람들에게 시선을 돌렸다.

한빈과 시선이 마주친 이들은 모두 고개를 끄덕였다.

물론 반사적으로 끄덕인 이들도 있었고, 설화처럼 진심으로 고개를 끄덕이는 사람도 있었다.

한빈에게 있어서 공짜로 일반 백성을 치료해 준 것은 투자에 가까웠다.

투자한 금액을 뽑는 대상은 상인과 무인이었다.

이것이 계약서를 쓰는 두 번째 이유였다.

심미호가 계약서를 들고나오자, 사람들이 그녀에게 집중하기 시작했다.

심미호의 설명이 끝나자 모두는 웅성거렸다.

치료의 대가로 조건이 붙자, 살아 있는 부처라고 입에 닳도록 외친 이들도 태도를 바꾸었다.

그들 중, 객잔 앞에 있는 한빈을 가리킨 상인이 입을 열었다.

"저기 관음보살의 현신이 나와 있군. 오늘은 약을 받아 갈 수 있었으면 좋겠어."

그의 옆에는 몸이 불편한 듯 지팡이를 짚고 있는 사내아이가 있었다.

아이가 말했다.

"그러게요, 아버지."

이번 역병으로 인해 다리까지 절게 된 아이였다.

그들 앞에 염소수염을 한 상인이 못마땅한 표정으로 뒤를 돌아봤다.

"관음보살은 무슨, 마을 사람은 그냥 치료해 주고 우리한테는 돈을 받다니, 그게 무슨 관음보살인가?"

그는 이곳에 오면서도, 과연 공짜일까 반신반의하고 있었다.

아니나 다를까. 조건이 붙어서 울화통이 터진 상태에서, 같이 온 친구가 한빈을 관음보살이라 받들자 심통이 난 것이었다.

그의 말에 지팡이를 짚은 아이의 아비가 손을 내저었다.

"에이, 관음보살님께서 듣기라도 하면 큰일일세. 목소리 좀 낮춰."

"자네 목소리가 더 크네. 뭐, 관음보살은 맞지, 다만, 계약서를 든 관음보살이니 문제지."

염소수염을 한 상인이 비아냥대자, 그의 친구가 고개를 돌려 반짝이는 눈으로 말했다.

"뭐, 나는 무조건 서명할 걸세. 흑사문이나 다른 정파와 거래하는 것보다는 하북팽가가 백배 낫지."

"흠, 그건 자네 말이 맞네. 하지만, 생명이 걸린 일인데 돈을 밝히는 게 가당키나 한가?"

"자네, 말은 바로 하게. 이번에 하북팽가 말고 나서서 우리를 도와준 이가 있던가? 하북팽가가 아니었다면 우리는 다 굶어 죽었을 걸세. 얘기를 들어 보니 하북팽가의 사 공자는 황실과도 끈이 있다고 하니, 관군들도 이제 우리를 도와줄 걸세."

"황실은 무슨! 팽가가 황실과 끈이 있으면 벌써 관군을 뚫고 도망쳤지, 이러고 있겠나?"

"도망갈 수도 있는데 남아 있으니 생불이라 부른 게지. 안 그런가? 하하."

지팡이를 든 아이의 아비는 자신의 일이라도 되는 듯 기분 좋게 웃었다.

그때였다.

뒤쪽에서 누가 그들을 향해 소리를 질렀다.

"앞자리가 비었으면 빨리 갑시다! 그러고 있을 거면 제가 앞으로 가죠."

그 말에 그들은 후다닥 앞에 붙었다.

생각보다 줄은 빨리 줄어들었다.

계약서를 내밀자 생각해 보겠다는 상인과 무인이 대부분이었기 때문이다.

그도 그럴 것이, 계약서의 내용은 만만치 않았다.

드디어 염소수염을 한 상인의 차례가 왔다.

한빈을 못마땅하게 여기는 염소수염의 상인이 뒤쪽에 있는 친구를 보더니 말했다.

"자네가 먼저 하게."
"그래도 될까?"
"먼저 하래도."
"그럼 먼저 하겠네."
양보를 받은 상인과 다리를 저는 그의 아들은 앞으로 가서 심미호의 앞에 섰다.
염소수염을 한 상인의 생각은 간단했다.
친구의 상황을 지켜보고 계약서를 받아 볼 생각이었던 것이다.
문제는 몸이 불편한 아이의 아비가 계약서에 서명한 이후 발생했다.
상인과 무인들을 상냥하게 응대하던 심미호가 앞에 가지런히 놓인 붓과 먹을 정리하기 시작한 것이다.
심미호의 옆에서 업무를 보조하던 장삼은 빗자루를 들고 앞을 쓸기까지 했다.
쓱. 쓱.
누가 봐도 파장 분위기.
놀란 염소수염의 상인이 말했다.
"지, 지금 뭐 하시는 겁니까?"
"다들 내일 오세요. 오늘은 업무가 끝났어요."
"그, 그게 무슨 말입니까? 아무리 그래도 저까지는 끝내 주셔야……."

"계약서가 다 떨어졌어요."
"그게 무슨 말씀입니까?"
"주군이 심각한 부상을 당하셔서, 하루에 계약서를 열 장밖에 못 쓰세요."
"여, 열 장이요? 다른 분이 대신 써 주시면……."
"계약은 일륜지대사이므로, 대필은 금지라고 주군께서 명하셨어요."
"그럼 하루에 열 장이……."
"네, 맞아요. 한계입니다."
순간 술렁임이 전염병처럼 주변으로 퍼져 나갔다.
"뭐지?"
"어떻게 하지?"
"이거 너무한 거 아닌가?"
소란이 점점 심해지고 있을 때였다.
어디선가 손가락 튕기는 소리가 들렸다.
딱.
동시에 누군가 상인들의 앞을 막아섰다.
쓰윽.
바람 소리와 함께 나타난 백의 무복의 사내.
모두는 그의 기세에 한 발 물러났다.
뒤쪽의 누군가가 사내의 소매를 보고 말했다.
"화산파의 매화검수……."

누군가가 가리킨 흰 소매에는 매화꽃이 수놓아져 있었다.

그를 시작으로 사람들은 웅성대기 시작했다.

"아, 화산파라고?"

"혹시 이번 사건에서 대활약을 했다는 그 매화검수 서재오?"

"……."

그 순간 길게 늘어선 상인과 무인들의 말소리가 줄어들었다.

서재오의 입꼬리가 슬쩍 올라갔다.

어찌 보면 마지못해 나온 형식적인 강호행이었다.

물론 등 떠밀려 나오는 강호행의 행태는 화산파 전체에 만연해 있었다.

요즘에는 나가서 명성을 떨친 매화검수가 전무후무한 상태.

그런데, 뜻하지 않게 자신은 강북이 떠들썩할 정도의 사건을 진화하는 데 한몫했다.

자신의 활약을 실제로 본 이가 없을 텐데도, 이번 역병을 진화하는 데 매화검수가 활약했다는 소문은 삽시간에 퍼져나갔다.

지금도 저들이 이렇게 속삭이고 있지 않은가?

서재오의 어깨에 힘이 들어갈 수밖에 없었다.

그것도 잠시, 서재오는 고개를 갸웃하며 주변을 둘러봤다.

왠지 이곳에 서서 심미호를 호위하는 자신의 행동이, 화산파의 제자로서의 명예를 실추시키는 것이 아닌가 싶었기 때문이다.

이건 주점이나 객잔의 대문을 호위하는 무사나 하는 행동이 아니던가?

의심도 잠시, 서재오는 입꼬리를 올렸다.

신호에 따라 나서 달라는 건 한빈의 부탁이었다.

이제까지 한빈의 부탁을 들어주고 손해 본 적이 있던가?

몸은 힘들어도 손해는 없다 장담할 수 있었다.

서재오가 진득한 미소를 피워 내고 있을 때, 심미호가 지팡이를 든 아이와 그의 아비에게 다가갔다.

"이쪽으로 오셔서 약 받아 가시죠. 그리고 식량도 받으셔야죠."

"아이고, 감사합니다, 대인."

지팡이를 든 아이의 아비는 자신도 모르게 포권했다.

평상시에는 하지도 않는 포권을 하며 예를 갖춘 것이다.

그만큼 한빈과 적혈맹호대가 고마웠다.

지팡이를 든 아이의 아비는 심미호의 옆에 있는 장자명에게 환약을, 조호에게 식량을 건네받았다.

그가 식량과 약재를 챙기고 있는 동안, 그의 아들은 힘겹게 지팡이로 몸을 지탱하고 있었다.

그때, 아이의 코를 간지럽히는 달콤한 향기가 났다.

아이는 조용히 고개를 돌렸다.
그곳에는 예쁘장한 얼굴의 여자아이가 당과를 들고 있었다.
물론 여자아이는 설화였다.
양손에 당과를 든 설화는 활짝 웃으며 천천히 지팡이를 짚은 사내아이에게 다가갔다.
설화가 다가오자 사내아이는 어쩔 줄 모르고 고개를 푹 숙였다.
마주치기에는 설화의 의복이 너무 깨끗했기 때문이었다.
사내아이의 눈에는 설화가 마치 신선처럼 보였다.
하지만 설화의 입에서 나온 말은 의외였다.
"먹을래?"
"……."
"싫어? 싫으면 말고."
"아, 아니에요."
"이거 먹어."
"가, 감사해요."
사내아이는 당과를 받아 들었다.
당과를 받은 사내아이가 머뭇거리자 설화가 말했다.
"그냥 지금 먹어."
"그래도 괜찮을까요?"
"부담 갖지 말고 먹어."

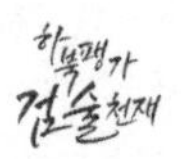

설화의 환한 미소에 사내아이는 당과를 한 입 베어 물었다.

순간 사내아이의 눈이 커졌다.

이처럼 맛있는 당과는 여태껏 먹어 본 적이 없었기 때문이었다.

마치 벌집에서 떨어지는 꿀을 퍼먹은 듯 신선하기만 했다.

중간에 약간 쓴맛이 나긴 했지만, 그 쓴맛 때문에 단맛이 더 강렬하게 느껴졌다.

그냥 강렬한 정도가 아니라, 항상 막힌 것 같았던 몸이 뻥 뚫리는 느낌이었다.

청량한 기운이 온몸으로 쭉쭉 뻗어 나가는 기분에, 사내아이는 자신도 모르게 눈을 감았다.

그때, 설화의 손이 그의 머리를 쓰다듬었다.

정확히는 그냥 올려놨다 해야 정확할 것이었다.

얼마나 지났을까?

아이의 아비가 불렀다.

"상하야, 빨리 가자꾸나."

그 말에 상하라 불린 사내아이는 여자아이에게 고개를 숙였다.

"감사해요, 이 은혜는……."

상하는 말을 잇지 못했다.

상하는 당과 꼬치를 든 채 멍하니 주변을 살폈다.

고개를 들어 보니, 자신에게 당과를 준 여자아이의 모습이 보이지 않았다.

상하는 아비에게 걸어갔다.

자신의 지팡이를 두고 온 줄도 모르고 말이다.

상하는 아비에게 말했다.

"여기는 신선이 사는 곳인가 봐요."

"그게 무슨 말이니?"

"방금 신선 누님을 봤어요."

"신선이라, 그럴지도 모르지."

아비는 조용히 고개를 끄덕였다.

남은 이들은 상하와 그의 아비가 돌아가는 모습을 부러운 눈길로 바라봤다.

그때였다.

염소수염의 사내가 목소리를 높여 친구를 불렀다.

"이보게, 상하! 지팡이는 챙겨야지."

하지만, 상하와 그의 아비는 대화를 나누며 점점 멀어져 갔다.

순간 모두의 시선이 울타리 옆에 버려진 지팡이로 향했다.

그러고는 멀어지는 상하의 뒷모습을 다시 확인했다.

그들의 시선이 떠나는 상인과 덩그러니 남겨진 지팡이 사이를 오갔다.

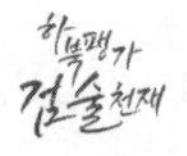

물론 확인을 하면 할수록 의문이 피어나는 건 당연했다.

누군가 큰 소리로 말했다.

"다리를 절던 사람이 저리 멀쩡하게 걷는다고?"

"그, 그게 말이 되나?"

"아니, 약도 안 먹었잖아. 뭘 했기에 절던 다리가 정상으로 돌아온 거지?"

"대체 무슨 일이 있었던 거야?"

"무슨 일이긴, 저들이 한 거라곤 하나밖에 없잖아."

"하나밖에 없다니? 내가 보기에는 약하고 식량 타 간 것밖에 없는데."

"아니, 계약서를 썼잖아."

"혹시……."

"혹시는 무슨 혹시?"

"그게 아니라 계약서에 신통력이라도 있는 게 아닌가 해서 그러지."

"신통력이라면 설마……."

모두가 웅성대는 가운데, 염소수염의 상인이 나지막이 말했다.

"나도 이제는 믿겠네……."

상하를 자주 본 그로서, 이것은 한 단이로밖에 설명이 안 되었다.

바로 기적.

염소수염의 상인은 객잔을 향해 두 손을 모았다.

동시에 몇몇 사람들의 눈빛도 달라졌다.

조금의 의심도 없는 순수한 그들의 눈빛은 마치 구름 한 점 없는 하늘과도 같았다.

설화는 팔짱을 끼고 심각한 표정으로 울타리 밖을 바라봤다.

그 모습에 한빈이 말했다.

“왜 그런 표정이냐? 설화야.”

“사람을 구한 기분이 좀 이상해서요, 공자님.”

설화는 멀어져 가는 상하와 그의 아비를 바라봤다.

설화의 모습을 보고 한빈도 조용히 그들을 바라봤다.

다리를 절던 상하에게 기적을 일어난 이유는 간단했다.

설화가 준 당과에는 역병을 일으킨 혈독을 단숨에 제거하는 환약이 섞여 있었다.

수로를 막고 있던 돌덩이를 치우면 물이 지나가는 법과 같았다.

물론 설화가 천령개, 즉 정수리의 한가운데를 통해 진기를 불어 넣어 약 기운을 이끌지 않았더라면 이처럼 바로 회복은 못 할 터였다.

설화 덕분에 원인이 제거되고 막혔던 혈맥이 뚫리니, 자연스럽게 지팡이가 필요 없어진 것이다.

이것은 한빈뿐 아니라 밤을 새워 가며 약재를 연구한 장자명의 공도 컸다.

울타리 밖의 웅성거림이 잦아들자, 설화가 고개를 갸웃하며 한빈에게 물었다.

"공자님, 궁금한 게 있어요."

"편안히 말해 봐, 설화야."

"대가 없이 저 사람을 구한 이유가 뭐예요? 다른 약하고는 달리, 당과에 넣은 약은 비싼 거잖아요."

설화는 진심으로 궁금한 듯 보였다.

그 모습에 한빈이 어깨를 으쓱했다.

"정확히는 대가가 없는 건 아니야."

"네? 남들하고 똑같이 계약서 한 장만 받으셨잖아요."

"정확히는 저 아이 하나로 사람들의 마음을 움직인 거지. 나는 저들이 강압이 아닌, 진심으로 나와 하북팽가에 호의를 보이길 원한 거란다. 그래서 이런 방법을 쓴 것이고……."

한빈은 뒷말을 줄이며 미소를 지어 보였다.

"아."

설화는 탄성만 흘렸다.

울타리 밖 사람들의 표정을 보니 왠지 한빈의 말이 이해가 되었다.

그런데, 뭔가 과한 것 같기도 했다.

울타리 밖의 몇몇은 한빈을 향해 절까지 하고 있었으니 말이다.

설화가 보기에 지금 한빈이 걷고 있는 길은 무인의 길도 아니요, 상인의 길도 아니었다.

교주의 길이었다.

물론 이 말을 할 수 없었다.

한편 웅성거리는 소리를 뒤로한 채, 심미호와 서재오는 울타리의 문을 닫고 들어갔다.

안으로 들어선 서재오는 자신도 모르게 하늘을 올려다봤다.

이제야 계약서를 열 장만 쓴 한빈의 의도를 알게 되었다.

그리고 희소성의 위력도 직접 눈으로 확인했고 말이다.

지금도 줄에서 이탈을 안 하고 서 있는 사람들이 그 증거였다.

도망가기는커녕 한빈을 바라보며 고개를 숙인 이들을 보고 있노라니, 황당하기까지 했다.

서재오는 지금의 광경이야말로 강호행의 숨겨진 뜻이라 생각했다.

강호행에서 배울 것은 세상을 읽는 눈이었다.

거기에, 협(俠)에 더해서 익(益)도 중시해야 할 것을 배웠다고 할까?

힐끔 옆을 바라보니, 한빈이 주변을 두리번거리고 있었다.

'과연 앞으로 하북팽가의 사 공자는 어떤 행보를 펼칠까?'

서재오는 진심으로 궁금한 듯 자신도 모르게 입맛을 다셨다.

서재오가 의미심장한 눈으로 한빈을 바라보고 있을 때였다.

한빈이 심미호를 바라봤다.

"심 부대주."

"네, 주군."

"소대섭 대주 좀 불러와."

"간단한 일이면 제게 맡기셔도……."

"그동안 수고했으니 심 부대주는 쉬어야지. 이건 대주가 해야 할 일이야. 게다가 내일도 바쁘잖아."

"네, 주군."

심미호는 자신도 모르게 미소를 피웠다.

한빈에게 인정받은 듯한 분위기였기 때문이었다.

심미호는 재빨리 자리에서 사라졌다.

한빈의 앞에 소대섭이 나타난 것은 정확히 차 한 잔 마실 시간이 지나서였다.

"주군, 부르셨습니까?"

"소대섭 대주."

"네, 주군."

"적혈맹호대에게 전해. 장운현에서의 마지막 임무가 있다고 말이야."

"마지막 임무라니요? 이제 정리만 하면 끝난 거 아닙니까? 주군."

"아직 하나 더 남았어. 내 소중한 물건을 옮겨야 할 것 같아서 말이야."

"소중한 물건이라니, 그게 무엇입니까?"

소대섭이 고개를 갸웃하자, 한빈이 울타리 안쪽에 쌓아 뒀던 통을 가리켰다.

"저기 보이는 거."

기름으로 틈을 메꾸고 겉을 기름종이로 감싸, 안에 무엇이 들었는지 아무도 모르는, 여러 개의 나무통이었다.

그러고 보니 저 통을 잊고 있었다.

저것이 어디에 쓰는 통인지 궁금했지만, 한빈에게 물어보지는 않았었다.

그런데 소중한 물건이라고 하니까 놀랄 수밖에 없던 것이었다.

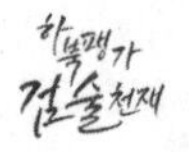

소중하다면 이 아수라장 속에 왜 저것들을 가져왔다는 말인가?

또한 울타리에 방치해 놓고 이제껏 거들떠보지 않은 것도 이상했다.

소대섭의 의심스러운 눈초리에, 한빈은 사람 좋은 얼굴로 나무통을 가리켰다.

"우리의 생명을 지켜 줄지도 모르는 보물이야. 이번 임무는 아무도 모르게 은밀하게 진행해, 소대섭 대주."

"네, 알겠습니다. 어디로 옮기면 됩니까? 주군."

"안내할 사람이 곧 도착할 거야."

"안내할 사람이라니요?"

"올 때가 됐네."

말을 마친 한빈은 시간을 가늠하듯 중천에 뜬 해를 바라봤다.

"대체 누가 온다고……?"

소대섭이 고개를 갸웃할 때였다.

누군가 다급하게 한빈에게 다가왔다.

타다닥.

한빈의 앞에 서서 숨을 몰아쉬고 있는 이는 다름 아닌 공손명후였다.

"헉헉, 제가 늦지는 않았겠죠?"

"네, 시간에 딱 맞춰서 왔습니다."

"저희 쪽 일꾼이 정말 필요 없는 겁니까?"
"네, 필요 없습니다. 누구에게도 들키지 않고 옮겨야 하는 물건입니다."
말을 마친 한빈은 씩 웃었다.
그 웃음에 공손명후가 움찔하며 고개를 돌렸다.
뭔지 모를 불안감이 등골을 타고 스멀스멀 올라왔기 때문이었다.
한빈이 그에게 부탁한 것은 장운현 아래 퍼져 있는 비밀 통로의 안내였다.
그중 창고로 쓸 곳을 알려 달라 했다.
그때 한빈이 뭔가 생각난 듯 말을 이었다.
"참, 누군가가 저 물건을 탐내는 자가 있다면, 그자에게 귀띔해 주십시오."
"뭐라고 귀띔하라는 말입니까?"
"죽는다고요."
"……어쨌든 알겠습니다. 그런데 농담이 오싹합니다, 팽 공자님."
"뭐, 농담은 아닙니다."
"하하."
공손명후가 어색하게 웃으며 고개를 돌렸다.
어쩐지 빈말 같지 않아서였다.

그들의 대화를 듣던 심미호가 고개를 갸웃했다.

"계약서에 적혀 있던 그 말은 뭐였지?"

그냥 뱉은 말은 아니었다.

운송해야 하는 물건과 계약서에 적혀 있던 문구가 연관이 있을 것 같아서였다.

심미호의 혼잣말에 서재오가 물었다.

"무슨 말을 말씀하시는 겁니까? 심 부대주."

"아, 서 대협. 아무것도 아니에요. 계약서에 이상한 말이 적혀 있는데, 이제껏 주군이 한 번도 쓰지 않은 말이라서요."

"뭐라 적혀 있었습니까? 혹시 비밀이라면 죄송합니다."

"호호, 비밀은 무슨 비밀요. 사람들한테 나눠 준 계약서인데요. 하긴, 주군이 비밀이 좀 많죠. 심심하면 막 비밀이라고 얼버무리시잖아요."

"하하, 팽 공자가 좀 재미있는 구석이 있죠."

"계약서의 내용에서 경천동지란 말이 몇 번이 나왔거든요."

"경천동지라……."

"경천동지할 일이 생기면 가게나 집 밖으로 나오지 말란 내용이에요. 미리 치료한 마을 사람들에게도 같은 내용을 전했는데, 전투는 벌써 끝났잖아요. 그런데도 계약서에 적는 게 이상해서요."

"뭐, 끝까지 조심하란 뜻이 아닐까 싶습니다. 조심해서 나뿔 건 없습니다, 심 부대주. 옛 성현의 말씀 중에 그런 말이 있죠."

"무슨 말이요? 서 대협."

"싸움은 내가 살아 있을 때까지 끝난 것이 아니다. 적은 내가 살아 있는 한, 끝없이 나타날 것이다."

"꼭 사파의 거두가 한 말 같네요."

"음, 화산파의 전대 장문인이 하신 말씀입니다."

"아, 죄송해요. 서 대협."

"아닙니다. 이 말을 처음 듣는 화산파의 문도들도 모두 심 부대주와 같은 생각을 한답니다."

"호호, 제가 정상이었군요."

"아, 그, 그렇죠. 정상……."

서재오는 살짝 말끝을 흐렸다.

막상 정상이라고 답을 하려니 의문이 떠올라서였다.

한빈의 주변에 정상인 자가 있던가?

한빈과 관련된 일이라면 이성보다 본능을 따르는 자들이었다.

고개를 갸웃하자 심미호가 물었다.

"왜 그러세요? 서 대협."

심미호가 눈을 가늘게 뜨고 묻자, 서재오는 손을 내저으며 화제를 돌렸다.

"아, 아닙니다. 저 앞에 사 공자가 있으니 경천동지가 어떤 의미인지 직접 물어보시죠."

"말해 주지도 않을 텐데 왜 힘을 빼요……."

말을 마친 심미호는 기지개를 켜며 객잔 안으로 들어갔다.

서재오는 의문이 풀리지 않은 듯 수레에 옮겨지는 나무통을 바라봤다.

잠시 뒤.

그들의 수레가 멈춘 곳은 한 폐가의 앞이었다.

공손명후가 안쪽을 가리키며 말했다.

"이쪽입니다."

"분위기가 음침하네요. 이쪽에 창고가 있다는 말씀이시죠?"

"창고는 아래쪽입니다."

공손명후가 손가락으로 땅바닥을 가리켰다.

그러면서도 그는 발길을 멈추지 않고 폐가로 걸어 들어갔다.

폐가로 들어선 소대섭은 적혈맹호대 대원들과 함께 공손명후가 안내하는 비밀 통로의 입구 앞에 섰다.

묘한 분위기를 내는 통로였다.

통로의 입구에는 거대한 비석이 놓여 있어, 마치 무덤 같은 느낌마저 들 정도였다.

입구를 확인한 소대섭이 대원들에게 외쳤다.

"모두, 출발한다!"

그때부터 적혈맹호대의 고난이 시작되었다.

적혈맹호대 대원들은 나무통을 하나씩 들고 힘들게 비좁은 통로를 통해 어딘가로 이동해야 했다.

모두의 이마에 땀이 송골송골 맺혔다.

통로의 폭이 불규칙적이어서, 가끔은 나무통을 등에 짊어진 채 오리걸음 자세로 통과해야 했다.

모두가 숨을 몰아쉬는 가운데, 조호가 말했다.

"헉헉, 혹시 훈련을 시키려고 일부러 여기에……."

"쉿, 주군이 비밀을 요하는 임무라 했다, 조호야."

장삼이 눈을 찡긋하며 조용히 하라는 신호를 보냈다.

"아, 알았어요, 장삼 아저씨."

"알았다고 하는 놈이 이렇게 소리를 내느냐? 조호야, 목소리를 낮추거라."

"하도 깊어서 밖으로 제 목소리는 새어 나가지도 않을 텐데요, 장삼 아저씨."

"하긴 그렇다, 조호야."

장삼도 고개를 끄덕였다.

적혈맹호대는 심미호와 몇 명의 열외 인원만 빼고 공손명후가 이끄는 대로 따라갔다.

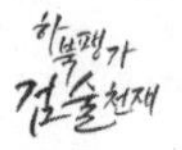

얼마나 갔을까?

앞장서던 공손명후가 걸음을 멈췄다.

"이곳입니다."

"감사합니다, 공손 공자님."

소대섭이 포권하며 앞을 바라봤다.

공손명후가 발길을 멈춘 곳에는 제법 큰 공간이 있었다.

마치 비밀 통로 속 또 다른 비밀 공간이 있는 것만 같았다.

소대섭이 외쳤다.

"모두 짐을 이곳에 풀고 잠시 휴식을 취한다!"

"명에 따르겠습니다."

모두가 낮은 목소리로 복명복창하며 나무통을 내려놓았다.

소대섭은 품속에서 서찰 하나를 꺼냈다.

그는 눈을 가늘게 뜨며 서찰을 살폈다.

서찰은 마치 기관진식의 도면 같았다.

휴식도 잠시, 소대섭은 이마에 흐르는 땀을 닦아 낸 뒤, 도면에 맞게 나무통을 쌓기 시작했다.

무슨 생각인지는 몰라도, 한빈은 도면대로 나무통을 쌓으라 했다.

가져온 나무통을 모두 쌓자 소대섭이 외쳤다.

"이제 다섯 번 남았다!"

그 소리에 여기저기서 한숨이 터져 나왔다.

"휴……."

"대주님, 저희 죽습니다."

하지만 소대섭은 아무 표정 없이 말했다.

"모두 공손 공자의 뒤를 따른다."

소대섭의 뒤를 따르던 조호는 숨을 몰아쉬며 눈을 비볐다.

그 모습에 장삼이 물었다.

"왜 그러느냐? 조호야."

"장삼 아저씨, 이상하게 대주님의 모습에서 주군의 그림자가 보이는 것 같아서요."

"나도 그렇구나. 원래 수하는 주군을 닮는 게 당연하지."

"그럼 저도 닮아 가는 건가요?"

"어쩌면 벌써 조금은 닮은 것 같기도 하다."

장삼이 작게 웃으며 고개를 끄덕였다.

그들의 작업이 끝난 것은 꼬박 다섯 시진이 지나고 나서였다.

모든 작업을 마치고 나온 곳은 들어올 때와는 다른 입구였다.

나와 보니 이곳은 마을의 구석진 곳에 자리 잡은 조그마한 절이었다.

소대섭이 얼떨떨한 표정으로 주변을 바라보고 있을 때였다.

낯익은 얼굴이 눈에 띄었다.

소대섭은 한걸음에 달려가 포권했다.

"주군, 적혈맹호대 대주 소대섭 외 십오 인, 명령을 완수했습니다."

"수고했어, 소대섭 대주. 덕분에 중요한 물건을 안전한 곳에 보관할 수 있었어. 이제 푹 쉬라고."

"감사합니다, 주군."

소대섭은 고개를 갸웃했다.

비밀로 하라고 하고서는 마치 다른 이들에게 자신들의 위치를 알리는 기분이 들었기 때문이었다.

한빈은 소대섭을 바라본 채 기감을 최대한 넓혔다.

순간 질척질척하면서도 기분 나쁜 기척이 오감을 자극했다.

한빈은 의도적으로 꼬리를 드러내며 그들을 유인했다.

한빈은 장운현에 남아 있을 적들을 제거하기로 했다.

한빈과 나머지 적은 지금 장기를 두는 것과 마찬가지였다.

한빈은 말이 아직 많이 남은 상태.

적들은 한빈의 말을 최대한 줄이려 할 것이 분명했다.

한빈이 숨겨 놓은 보물도 그 말 중에 하나라 판단할 것이었다.

아마도 자신이 숨겨 놓은 물건을 찾으려고 불철주야 뛰어다닐 것이 분명했다.

찾을 수 있을까?
아마도 그들이 물건을 탐내는 것은 한빈이 장운현을 뜨고 나서일 것이다.
한빈은 그 틈을 노리기로 했다.

잠시 뒤.
한빈과 적혈맹호대는 객잔에 도착했다.
한빈은 손가락을 튕겼다.
딱.
그 소리에 맞춰서 설화가 소리 없이 나타났다.
설화의 손에는 새장이 들려 있었다.
물론 새장 속에 들어 있는 것은 비둘기였다.
설화가 말했다.
"한 마리만 꺼낼까요?"
"세상이 흉흉하니 두 마리 꺼내라, 설화야."
"네."
"그리고 이거……."
한빈은 돌돌 말린 쪽지를 설화에게 건넸다.
설화는 아무 말 없이 쪽지를 가느다란 통에 넣어 비둘기 다리에 묶었다.
설화가 물었다.
"지금 날릴까요?"

"지금 날리고 이제 쉬자."

"그럼 날릴게요."

설화가 비둘기 두 마리를 손에서 풀어놨다.

비둘기가 힘차게 날갯짓하며 밤하늘을 날았다.

푸드득.

그 모습을 본 한빈은 모든 일이 끝났다는 듯 하품을 하며 객잔으로 돌아갔다.

그 모습에 소대섭이 물었다.

"주군, 지금 보낸 전서구는 대체 어디로 가는 겁니까?"

"하북팽가."

"하북팽가요?"

"소대섭 대주, 표정이 왜 그래? 최소한 안부 인사 겸 중간 보고는 해야 할 거 아니야?"

"아, 그렇군요."

소대섭이 영혼 없는 표정으로 고개를 끄덕이다가 아직 시야에 보이는 비둘기를 바라봤다.

무사히 하북팽가까지 갈 수 있을까?

비둘기가 모두의 시야에서 막 사라졌을 때였다.

피슉!

어디선가 암기 날아가는 소리와 함께 전서구 한 마리가 떨어졌다.

털썩.

누군가 황급히 달려가 전서구를 낚아챘다.

다음 날 아침.

하북팽가의 가주전은 그 어느 때보다 소란스러웠다.

한빈이 보낸 전서구가 도착했기 때문이다.

쪽지를 펼친 채 가주 팽강위와 집법당주 팽대위가 마주 보고 있었다.

먼저 입을 연 것은 팽강위였다.

"막내가 예상치 못한 공을 세운 것 같네."

"형님, 예상치 못한 공은 아니죠. 그런데 막내는 무사한 겁니까?"

"아무 일이 없다는군. 다만 고수의 도움을 받아 위기에서 벗어났다는군."

"고수라는 게 누굽니까? 혹시 하남정가에서 막내를 도왔다는, 청운사신이라는 은거 기인입니까?"

"아무래도 그런 것 같군. 그런데 말일세……."

팽강위가 미간을 좁히며 조그마한 쪽지의 한 곳을 가리켰다.

그 모습에 팽대위가 황급히 물었다.

"왜 그러십니까? 혹시 역병에라도 걸렸답니까?"

"그게 아니라, 이 문구가 이해가 안 되어서 그러네."

"제가 좀 봐도 되겠습니까?"

"그러게."

팽강위는 쪽지를 동생 팽대위 쪽으로 던졌다.

휙.

날아온 쪽지를 받은 팽대위는 눈을 가늘게 뜨고 글귀를 살폈다.

팽대위는 팽강위가 무슨 뜻인지 모르겠다고 하는 글귀를 단번에 찾을 수 있었다.

내용은 간단했다.

사실 내용이 복잡하다면, 난독증에 시달리는 팽대위가 읽을 수도 없었을 것이다.

쪽지에는 무림을 좌지우지할 하북팽가의 보물을 장운현 깊숙이 숨겨 놓았다고 쓰여 있었다.

이것은 마치 수수께끼와도 같았다.

왜나하면, 무림을 좌지우지할 하북팽가의 보물이라는 것은 있을 수가 없었기 때문이다.

그도 그럴 것이, 하북팽가의 비기인 혼원벽력도가 반쪽짜리가 된 것이 바로 오십 년 전이었다.

지금 가주인 팽강위의 할아버지 대를 마지막으로 혼원벽력도의 완벽한 초식은 자취를 감추었다.

전해지는 초식이나 비급 모두 묘하게 반쪽만 남은 것이다.

분량으로 반쪽이라는 것은 아니었다.

묘하게 마지막 구결에서 초식과 내공의 운용이 들어맞지를 않았다.

팽강위가 요즘 자주 폐관에 드는 이유도 그 혼원벽력도를 복원하기 위함이었다.

팽가의 최고 비기마저 불완전한 마당에, 무림을 좌지우지할 보물이 대체 뭐란 말인가?

“휴…….”

팽대위는 얼마 안 가 한숨을 내쉬었다.

그 모습에 팽강위가 그럴 줄 알았다는 표정으로 웃었다.

“하하, 아마도 급하게 전서를 보내느라 실수한 게지.”

그때였다.

둘의 대화에 끼어드는 이가 있었다.

“제 생각은 다릅니다, 아버님.”

팽강위가 고개를 돌리자, 그곳에는 자신과 꼭 닮은 대공자 팽혁빈이 있었다.

늦게 도착한 팽혁빈은 그들의 대화에 끼어들지 않고 묵묵히 듣고만 있었다.

팽강위가 말했다.

“말해 보아라.”

"아마 무림을 좌지우지할 보물이란, 장운현의 민심을 이야기하는 게 아닐까 싶습니다. 세가의 힘은 무력에서 나오지만, 세가를 인정하는 것은 바로 민심이 아니겠습니까?"

꿈보다 해몽이 좋지만, 모두는 팽혁빈의 의견이 일리 있다는 듯 고개를 끄덕였다.

"오호, 그것도 맞는 말이구나."

팽강위가 고개를 끄덕이자, 팽대위도 한마디 거들었다.

"역시 팽가의 대공자답군."

그때 팽혁빈이 의미심장한 눈으로 말했다.

"장운현에서의 일들이 사실이라면 아무래도……."

팽혁빈이 덩치에 걸맞지 않게 말끝을 흐렸다.

그 모습에 팽강위가 재촉했다.

"무슨 말을 하고 싶은 것이냐?"

"소가주 후보는 한빈이가 맡는 것이 맞는 것 같습니다."

"흠, 왜 그렇게 생각하느냐?"

"제가 막내에 대해서 조사한 바가 조금 있습니다. 제 생각에, 가문을 경영한다는 것은 초식을 펼치는 것과는 전혀 다릅니다."

"그래서?"

"저는 가문을 경영하고 가문을 최고로 올려놓을 지략이 부족합니다."

"음."

팽강위는 조금 깊은 표정으로 신음을 흘렸다.

저렇게 뒤로 빼는 모습은 평소 첫째와는 달랐다.

첫째는 진짜 막내를 인정하는 것일까?

아니면 다른 이유가 있는 것일까?

그때 팽혁빈이 가주 팽강위에게 포권하며 말했다.

"저는 장운현으로 출발하겠습니다."

"무슨 일이냐?"

"아무래도 공을 세운 막내를 제가 맞이해야 할 것 같아서요."

"그럼 그리하여라."

팽강위의 허락과 함께 팽혁빈은 물러났다.

사라지는 팽혁빈의 모습을 본 팽강위는 기분 좋은 듯 옅은 웃음을 흘렸다.

소리 없는 그의 웃음에 팽대위가 물었다.

"좋으십니까?"

"그럼 좋지 않고. 오랜만에 느껴 보는 가문의 평화야."

그의 웃음과 함께 가주전의 창문으로 해가 점점 밝아 왔다.

보름 뒤.

한빈 일행은 봉쇄된 마을 입구의 초소에 도착했다.

한빈이 도착했다는 이야기를 들은 강유찬은 막사에서 뛰어나왔다.

마치 적토마처럼 한빈을 향해 돌진하는 강유찬.

강유찬은 투구를 벗어 바닥에 던진 후, 한빈을 안았다.

"수고했네, 팽 공자."

"……."

뜻밖의 상황에 한빈은 아무 말도 못 하고 잠시 강유찬의 품에 파묻혀야 했다.

그렇게 눈 몇 번 깜빡일 시간이 지나자, 강유찬은 재빨리 떨어졌다.

"흠, 미안하네, 너무 기쁜 나머지 내 실수했네. 정말 고맙네, 팽 공자."

"아닙니다. 나라와 백성을 위해서 당연히 해야 할 일을 했을 뿐입니다."

"아니네. 이번 일만 끝나면 자네의 우국충정을 폐하께 알리도록 하겠네."

말을 마친 강유찬은 시선을 돌려 서재오를 바라봤다.

덤덤한 눈빛으로 바라보던 강유찬은 조용히 서재오에게 다가갔다.

우락부락한 강유찬이 다가오자 서재오는 움찔 뒤로 물러났다.

서재오의 예상과는 달리 강유찬은 부드러운 목소리로 말했다.

"잠시 나 좀 보세."

"네, 알겠습니다, 사숙."

서재오가 고개를 끄덕이자, 강유찬은 앞장서서 막사 뒤로 사라졌다.

그 모습을 보던 한빈은 한숨을 내쉬었다.

"휴……. 쉽지 않군."

한빈이 이렇게 한숨을 내쉬는 이유는 간단했다.

지금 그는 한빈이 아니라 이무명이었기 때문이다.

그냥 한빈의 행세를 하며 다니는 것은 상관없지만, 지금처럼 한빈을 아는 자와 마주치면 난감했다.

일단은 상황을 잘 넘겼다고 생각한 이무명의 머릿속에, 문득 한빈의 마지막 말이 떠올랐다.

한빈은 장운현에서 마지막 결산을 하고 온다고 하고서는 객잔에 남았다.

마지막 결산이라는 것이 뭔지 아무리 생각해도, 무엇을 뜻하는지 떠오르지 않아 불길한 이무명이었다.

대화를 나누기 위해 사라진 서재오와 강유찬은 신경도 쓰지 않고, 이무명은 고개를 돌렸다.

한빈이 남아 있는 장운현 쪽이었다.

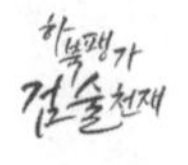

이무명이 한빈을 걱정하며 멀리 떨어진 마을을 보고 있을 때였다.

갑자기 마을 쪽에서 산이 무너지는 듯한 소리가 들려왔다.

쿠르릉!

쾅!

하늘이 놀라고 땅이 흔들릴 정도의 충격음이 모두에게 전해졌다.

순간 이무명은 움찔했다.

이어서 대화를 위해 서재오와 막사 쪽으로 향하던 강유찬이 헐레벌떡 뛰어나왔다.

주변을 둘러본 강유찬이 초소에 있던 병사에게 신호를 보냈다.

경계 태세의 단계를 올리라는 신호였다.

한 병사가 초소에서 나팔을 불자, 병사들이 분주히 움직이며 사방을 경계했다.

잠시 후.

병사 하나가 다급하게 뛰어왔다.

타다닥.

먼지를 일으키며 달려온 병사가 말했다.

"대인, 지진입니다, 지진!"

"무슨 일인가? 소상히 보고하라."

"지금 장운현을 중심으로 땅이 흔들리고 있습니다. 일단 진정된 듯하지만, 소리로 봐서는……."

"소리로 봐서는 어쨌다는 것인가?"

"추가로 지진이 있을 것 같습니다. 저희가 내려가서 백성들을……."

병사는 쉴 틈 없이 자신의 의견을 강유찬에게 보고했다.

멀리서 이를 지켜보던 이무명은 한빈이 한 말을 떠올렸다.

경천동지할 일이 생기면 펴 보라는 비단 주머니가 기억난 것이다.

이무명은 품속에서 비단 주머니를 꺼냈다.

주머니를 열어 보니, 안에 둘둘 말린 쪽지가 있었다.

쪽지를 펴 본 이무명이 눈을 크게 떴다.

당황도 잠시, 그는 주변을 둘러보기 시작했다.

쪽지를 해석해 줄 이를 찾는 것이다.

그때, 멀리서 당과를 들고 기웃거리는 설화를 발견했다.

이무명이 다급한 목소리로 외쳤다.

"설화야!"

목소리가 조금 컸는지 설화뿐 아이라 소대섭과 심미호까지 달려왔다.

"주군, 부르셨습니까?"

"무슨 일이에요? 주군."

그들은 연습한 대로 이무명을 한빈 대하듯 대했다.

설화도 고개를 갸웃하며 물었다.

"왜 그래요, 공자님?"

그들이 모이자 이무명이 낮은 목소리로 말했다.

"이건 사부가 남기고 간 쪽지입니다. 경천동지할 일이 생기면 펴 보라고 해서 펴 봤는데, 이렇게 여덟 글자만 적혀 있습니다."

심미호가 고개를 빼꼼 내밀고 글자를 확인했다.

쪽지에는 진짜 여덟 글자밖에 없었다.

생즉필사(生卽必死).

사즉필생(死卽必生).

글자를 뚫어져라 보던 심미호가 말했다.

"생즉필사 사즉필생이라고?"

"살기를 바라면 죽을 것이요, 죽기를 각오하면 살 것이란 말 아닙니까? 그런데 딱 여덟 글자밖에 없는 겁니까?"

소대섭이 묻자 이무명이 고개를 끄덕였다.

"네, 딱 여덟 글자입니다."

"그런데, 주군은 우리보고 어떻게 하라는 거죠?"

심미호가 고개를 갸웃하며 쪽지를 다시 바라봤다.

생즉필사 사즉필생이란 말을 몰라서는 아니었다.

이것은 전투에 임하는 마음가짐일 뿐.

세부적인 행동을 지시하는 내용은 아니었다.

싸우라는 이야기라면, 어디에서 누구와 싸우는지에 대한 지시가 뒤따라야 정상이었다.

거기에 더해 누구한테 하는 말인지도 의문이 들었다.

적혈맹호대에 전하는 말인지?

아니면, 여기 있는 강유찬과 관군까지 포함해서 하는 이야기인지 말이다.

이런저런 대화가 이무명과 심미호, 그리고 소대섭 사이에 오갔다.

이들이 결론을 못 내리고 있을 때였다.

가만히 있던 설화가 끼어들었다.

"저한테 좋은 생각이 있어요."

"좋은 생각이라고?"

심미호가 설화를 보며 고개를 갸웃했다.

그 모습에 설화가 자신 있다는 표정으로 말했다.

"그냥 대장 아저씨한테 보여 드리는 게 어떨까요?"

"대장 아저씨라고?"

심미호가 한층 더 고개를 기울이자, 설화가 검지로 병사들에게 명령을 내리는 강유찬을 가리켰다.

"아, 강유찬 대인 말씀이구나?"

"네, 여기 책임자에게 보여 주는 게 맞을 것 같아서요. 주세요. 아무리 봐도 병사들이 쓰는 말 같잖아요. 저 아저씨라면 명쾌하게 해석해 주실 거예요."

설화의 말에 심미호가 고개를 끄덕였다.

아무 말 없이 설화를 바라보던 소대섭이 물었다.

"그런데, 누가 보여 주지?"

"저렇게 바쁜데 끼어들기가 좀 뭐한데요."

심미호의 말에 설화가 다시 끼어들었다.

"제가 가 볼게요."

말을 마친 설화는 재빨리 쪽지와 주머니를 낚아챘다.

그러고는 이무명에게 귓속말로 속삭였다.

"잠시만 숨어 계세요."

"숨으라고?"

"그러니까……."

설화는 자신의 계획에 대해 이무명에게 속삭였다.

계획을 들은 이무명은 재빨리 자리에서 사라졌다.

잠시 이곳에서 떨어져 몸을 숨기는 것은 식은 죽 먹기.

이무명이 사라지자 설화는 주머니를 들고 강유찬에게 달려갔다.

강유찬은 정신없이 부관에게 지시를 내리고 있었다.

이곳을 비워 놓을 수는 없는 일이기에, 지원을 나갈 병사와 이곳을 수비할 병력을 나누고 그들에게 세부적인 지시를 내리는 중이었다.

강유찬이 침을 튀겨 가며 지시를 내리고 있을 때, 설화가 달려왔다.

해맑은 표정으로 자신을 바라보는 설화의 모습에 강유찬은 말을 멈췄다.

"무슨 일로 나를 찾아왔느냐?"

"우리 공자님이 경천동지할 일이 생기면 펴 보라고 해서 가져왔어요."

"팽 공자가 펴 보라고 했다고? 그럼 직접 와서 말하면 될 것을. 팽 공자는 지금 어디 있느냐?"

"아까 사라졌어요. 볼일 있다고 하면서요."

"그럼 어서 줘 보거라."

강유찬이 손을 내밀자 설화가 주머니를 건넸다.

쪽지를 확인한 강유찬은 입술 사이로 침음을 흘렸다.

"흠."

그것도 잠시, 강유찬은 쪽지를 손가락으로 조심스럽게 문질렀다.

그 모습에 설화가 물었다.

"저……. 지금 뭐 하시는 거예요?"

"먹물이 바싹 마른 것을 보니 지진 이후에 쓴 글은 아니구나."

"아."

설화는 자신도 모르게 탄성을 흘렸다. 덩치나 인상에 비해서 세심한 강유찬의 모습 때문이었다.

역시 금의위의 수장은 아무나 하는 일이 아닌 것 같았다.

강유찬은 설화의 표정에는 아랑곳하지 않고 다시 말을 이었다.

"그렇다면 팽 공자는 이런 일이 일어나리라는 것을 예상했다는 것이 아닌가?"

그 말을 마지막으로 강유찬은 잠시 생각에 잠겼다.

설화는 생각에 잠긴 그를 바라보며 아무 말도 하지 않았다.

사실 설화도 신기했다.

지진을 예측한다는 것은 제갈공명도 하지 못할 일이었다.

땅속에서 일어나는 일을 어찌 알 수 있단 말인가?

강유찬의 생각도 마찬가지였다.

그는 한빈이 전술에 체계적인 교육을 받는다면 제갈공명에 버금가는 군사가 될 것이라 생각했다.

마을에 역병이 돌 것을 예상했고, 그것이 사람에 의해 벌어진 일이라는 것까지 알아내 참상을 방지했다.

그런데 이번에는 지진을 예측하다니?

그에 더해 지진에 대한 대책까지 이렇게 적어 놓은 것이다.

이제까지 한빈의 예측은 틀린 적이 없었고, 또한 나라의 이익에서 벗어난 적이 없었다.

강유찬은 쪽지를 주머니에 넣고는 부관을 불렀다.

"부관."

"네, 대인."

"모든 병사에게 지금부터 경거망동하지 말고 자리에 머물라 전해라."

"모든 병력이 장운현으로 출발할 준비를 마쳤는데, 그게 무슨 말씀인지요?"

"계획이 바뀌었다. 그리고 회의를 시작할 테니, 백인장 이상은 모두 막사로 모이라 전해라."

"존명!"

부관은 뛰어가 지시를 내렸다.

동시에 모든 병사가 하던 일을 멈추고 일부는 강유찬이 있는 막사로 향했다.

그 모습에 설화가 고개를 갸웃했다.

"아, 대장 아저씨도 모르나 보네……."

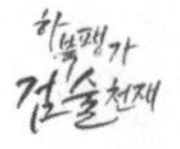

경천동지 (2)

수수께끼 같은 말을 남긴 한빈은 어디에 있을까?

한빈은 비밀 통로의 입구에서 열 걸음 정도 떨어진 곳에 앉아 있었다.

그때 누군가가 한빈이 있는 곳을 향해 다급하게 달려왔다.

타다닥.

먼지를 일으키며 달려온 이는 다름 아닌 공손명후였다.

공손명후는 한빈이 보낸 신호를 받고 달려오던 중이었다.

그런데 거의 다 도착할 때쯤 천지가 흔들리는 듯한 지진을 만난 것이다.

한빈이 걱정된 공손명후는 젖 먹던 힘까지 짜내 이곳에 도착했다.

거리에 있던 몇몇 사람들도 모두 집으로 들어가서 공포에 떨고 있는 상황.

한빈의 분위기가 조금 이상했다.

한빈은 턱을 괸 채 통로 쪽을 유심히 바라보고 있었다.

그런데 통로에서 연기가 모락모락 피어오르고 있었다.

마치 통로가 굴뚝 역할을 하는 것처럼 말이다.

“팽 공자님.”

“늦지 않게 왔군요.”

“네, 신호를 받고 왔습니다.”

“못 볼 줄 알았는데 보셨네요.”

“다루에 그렇게 커다란 깃발이 걸려 있는데 못 볼 리가요.”

공손명후의 말대로 다루에 깃발을 걸어 놓는 것이 신호였고, 장소는 깃발에 적어 놓기로 했다.

“그런데 놀라신 표정입니다.”

“오는 길에 지진이 나서요. 여진이 있을까 염려되어서 그렇습니다.”

“아, 지진 때문에 놀라셨군요. 아마 추가로 지진이 일어나진 않을 겁니다.”

“그걸 어떻게…….”

“뭐, 아는 수가 있죠.”

“그런데 여긴 대체 왜 오신 겁니까?”

“아무래도 너구리를 잡는 데 성공한 것 같습니다. 이제부

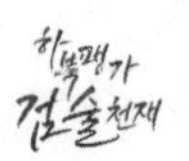

터 그 뒤처리를 맡기려고 합니다."

"너구리라니, 그게 무슨 말씀입니까? 팽 공자님."

"너구리를 잡으려고 제가 통로에 불을 좀 지폈습니다."

"통로라면 혹시……."

"네, 생각하시는 그 통로가 맞아요."

한빈은 검지로 비밀 통로의 입구를 가리켰다.

"그럼 팽 공자님이 피우신 연기가 비밀 통로에서 나오는 거라는 말씀입니까? 너구리, 아니 적이 저 안에 남아 있고요?"

"정확히 알고 계시는군요. 쉽게 말해 관문착적(關門捉賊)의 수법이지요."

"관문착적이라……."

공손명후가 눈을 가늘게 떴다.

관문착적이란 문을 걸어 잠근 후 도적을 포획하는 방법이다.

이번 일에 있어 한빈이 신중을 기했다는 말이기도 했다.

공손명후는 자신과 상의도 없이 진행할 정도로 비밀스럽고 신중해야 할 이유를 생각하는 중이었다.

그 모습에 한빈이 말을 이었다.

"밖에는 금의위와 관군이 포위하고 있지요. 그들에게 잡힌 잔당이 스무 명. 그들 중 일부는 하북성으로 압송이 끝났습니다. 그런데도 질척질척한 시선이 느껴지더라고요."

"음."

공손명후가 침음을 흘리자, 한빈은 그의 반응을 예상했다는 듯 웃으며 말을 이었다.

"아마도 그들 중 몇은 공손수 어르신이 섭혼술에서 벗어났다는 것을 알고 있을 수도 있습니다. 그렇다면 어떻게 될까요?"

"그러지 않아도 장운현을 떠날 계획이었습니다."

"잘 생각하셨습니다. 저는 황궁으로 돌아가시길 권유드립니다. 공공문의 일도 좋지만, 공손가의 생존이 더 중요하다고 생각합니다."

"그럼 저 안에 적을 가둬 두셨다는 겁니까? 적이 대체 왜 저기에……."

"제가 던져 놓은 미끼를 물더라고요."

"미끼라니, 그게 무슨 말씀입니까?"

"미안하지만, 이제 시간이 됐군요. 뿌려 놓은 씨가 충분히 자랐을 시간이니 이제 추수할 때가 된 것 같습니다. 그럼 마지막으로 부탁 하나만 하겠습니다."

"말씀하십시오."

"지금부터 두 시진이 지나도 나오지 않는다면 입구를 막아 주십시오."

한빈이 입구를 가리켰다.

"입구를 막다니, 그게 무슨 말씀입니까? 팽 공자님."

"막고 저 비석까지 올려 주시면 더 좋습니다."

한빈은 커다란 비석을 가리켰다.

집채만 한 비석은 밑에 깔리면 딱 봐도 육포가 될 것 같은 어마어마한 크기였다.

"저곳을 막으면 팽 공자님은 어떻게 하시려고 그러십니까?"

"제가 두 시진 안에 못 나온다면, 공손세가와 관련된 모든 이들이 위험할지도 모르니 꼭 부탁드려요."

"그, 그게 무슨 말씀입니까?"

"지난번 객잔 앞에서의 일 아시죠?"

"네, 그때 상상도 못 할 대결이 펼쳐졌다고……."

"제가 느끼기에는 그보다 더한 고수일지도 모릅니다. 저길 막지 못하신다면 바로 황궁으로 피하세요. 제 말 명심하십시오."

말을 마친 한빈은 천천히 입구 쪽으로 걸어갔다.

그 모습에 공손명후는 고개를 갸웃했다.

한빈이 말한 미끼가 뭔지 궁금했던 것이다.

그것도 잠시, 공손명후는 고개를 끄덕이며 혼잣말을 뱉었다.

"지난번에 숨겨 놓은 보물이라는 게 미끼?"

공손명후는 달리 공손가의 사람이 아니었다.

지금 한빈과의 대화로 대충 상황을 깨달았다.

하지만 의문이 이어졌다.

한빈의 표정을 보면 방금 일어난 지진을 미리 알고 있던 것 같았기 때문이다.

지진이 언제 일어날지 아는 사람이 있다는 것은 불가능한 일.

그렇다면 지진은 한빈이 만들어 냈음이 분명했다.

한빈은 어떻게 경천동지할 지진을 만들어 냈을까?

생각이 거기까지 미치자, 공손명후는 보물이라는 단어를 떠올렸다.

'나무통의 내용물이 무엇일까?'

공손명후는 진심으로 궁금했다.

"설마……."

호기심이 섞인 혼잣말을 토해 낸 공손명후가 비밀 통로를 다시 한번 바라봤다.

그러고 보니 묘한 냄새가 나는 것 같기도 했다.

화약 냄새는 분명 아니었지만, 냄새가 친숙했다.

공손명후의 추리는 정확했다.

한빈이 보물이라 가져다 놓은 것은 수천 근의 기름이었다.

그중에는 식물에서 짠 기름도 있었고, 돼지나 생선에서 나온 기름도 있었다.

그러니 당연히 친숙한 냄새가 풍길 수밖에 없었다.

더욱이 밖으로 새어 나가는 냄새는 일부일 뿐, 현재 통로 안의 상황은 처참했다.

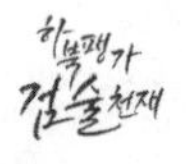

적들의 시체가 타는 냄새부터 시작해서, 불에 그을린 삼라만상이 쏟아 내는 악취로 가득했다.

아직 화기가 가시지 않은 듯, 통로 안쪽에서는 뜨거운 바람이 불어오기 시작했다.

통로에 들어선 한빈은 불어오는 바람에 실린 냄새에 집중했다.

같은 시각 비밀 통로의 한 곳.

흑색 무복의 사내가 아직까지도 타고 있는 벽면을 바라봤다.

그는 허탈한 듯 주변을 둘러보며 혼잣말을 뱉었다.

"설마 했는데, 이렇게 나올 줄은 몰랐군."

그는 종남파에서 사라진 천재 검객으로, 그들 사이에서는 흑선이라 불리는 사내였다.

눈빛에서 흘러나오는 마기에 비해 전체적으로는 도가의 기운을 풍기고 있는 그. 흑색 무복만 아니라면 그를 신선으로 착각할 법도 했다.

흑선은 자신도 모르게 이를 악물었다.

주변에 흩어진 살점 위에는 붙은 기름에는 아직까지도 불꽃이 남아 있었다.

지글지글 타고 있는 시체를 본 흑선은 눈매를 좁혔다.
정말 악랄한 수법이었다.
하북팽가의 사 공자가 이곳에 무림의 흥망을 좌지우지할 가문의 보물을 숨겨 놨다는 정보를 입수했다.
물론 정보도 교차 검증을 했다.
객잔을 감시하던 수하도 같은 말을 했었다.
공손세가를 감시하던 자도 역시 같은 말을 했다.
전서구를 낚아채 내용이 같음을 확인한 뒤 다시 날려 보낸 것도 바로 얼마 전이었다.
그 전서구에는 보물에 대한 상세한 정보가 적혀 있었다.
'무림을 좌우할'이라는 문구에, 흑선은 이곳을 확인하지 않을 수 없었다.
그는 조용히 잠입하여 벽에 꽂혀 있던 횃불에 불을 붙이고, 앞에 있는 나무통을 확인하기 시작했다.
그 순간, 나무통은 거대한 폭발음과 함께 사방으로 나무 조각을 뱉어 냈다.
나무통 속의 내용물은 기름이었다.
폭발은 이곳에서만 일어나지 않았다.
어떤 기관 장치를 해 놨는지는 몰라도, 이곳을 중심으로 사방에서 같은 소리가 들려왔다.
땅이 흔들리고 고막이 터질 듯한 굉음.
눈 깜짝할 사이, 몸을 숯으로 만들 열기가 사방에서 덮쳐

왔다.

호신강기를 끌어올리는 것이 살짝이라도 늦었다면 흑선은 통구이가 됐을 것이다.

더해, 만약 이 통로가 조금만 약했다면 호신강기를 펼쳤어도 그대로 묻혔을 것이었다.

이 통로를 구성하고 있는 지층이 이리 단단한 것은 어찌 보면 흑선에게는 행운이었다.

흑선은 이 행운을 누군가에게 악운으로 돌려줄 생각이었다.

범인은 현장에 나타나기 마련.

이 모든 것을 계획했던 자는 이곳에 나타날 것이다.

물론 하북팽가의 사 공자가 이를 주도했다고는 생각하지 않았다.

하북팽가의 사 공자를 뒤에서 이용하는 자가 있고, 흑선은 그의 뒤에 숨은 고수를 찾길 원했다.

흑선은 그 고수가 청운사신이라 불리는 사람이라고 생각했다.

뿌득.

흑선은 다시 이를 갈았다.

지금 흑선이 화가 난 것은 수하들의 죽음 때문만은 아니었다.

어차피 이번 임무가 끝나면 도마뱀이 꼬리를 끊듯 이들을 자르려 하던 참이었다.

지금 그가 이를 갈고 있는 이유는, 누군가에게 머리싸움에서 졌기 때문이었다.

흑선은 암흑이 짙게 깔린 통로의 저편을 바라봤다.

그는 허리에 찬 그의 검을 확인했다.

이 검으로 상대를 꺾고 자신의 길을 갈 것이었다.

흑선은 자신의 검집을 확인하고 검을 뺐다.

스르릉.

검날을 점검한 흑선은 주변을 살피기 시작했다.

상대는 함정으로 자신에게 굴욕을 줬다.

그렇다면 자신도 그에 상응하는 인사를 해 주는 것이 강호의 도리라 생각했다.

주위를 살핀 흑선은 모든 기척을 지우고 천천히 통로를 걸어갔다.

얼마나 갔을까?

한빈은 지하 통로를 보고 눈을 크게 떴다.

이전에 왔을 때는 먼지와 흙 때문에 가려졌던 야명주가 통로를 희미하게 비추고 있었다.

호롱불처럼 밝지는 않지만, 사람의 흔적 정도는 알아볼 수 있을 정도의 밝기였다.

신기한 것은 통로의 벽면이었다.

흙을 파서 통로를 만든 줄 알았는데, 폭발 때문인지 흙더미가 걷힌 상태였다.

이제는 군데군데 윤기가 흐르는 돌로 된 벽면이 보였다.

윤기가 흐르는 돌벽에 야명주가 박혀 있는 통로라?

거기에다가 장운현 전체를 관통하는 통로였다.

신기한 일이었다.

그때였다.

한빈의 후각에 익숙한 냄새가 잡혔다.

그것은 바로 천리추종향.

한빈은 눈을 가늘게 떴다.

아무리 천리추종향이 목욕을 해도 지워지지 않을 정도로 강하다지만, 기름으로 활활 탄 상태에서까지 남아 있지는 않을 터.

그렇다면?

폭발이 일어났을 때 상대방은 몸을 보호할 수단이 있었다는 것이다.

만약 호신강기라면?

한빈은 왼손으로 월아의 검집을 움켜쥐며 앞으로 걸어갔다.

점점 천리추종향의 냄새가 진해졌다.

한빈은 눈매를 좁히며 전방을 확인했다.

천리추종향이 나는 것은 바로 앞.

그곳에는 몇 구의 시체가 있었다.

상의는 불에 탔는지 넝마가 된, 머리에는 피가 흐르는 시체들이 보였다.

시체는 폭발에 떠밀렸는지 몇 구가 겹쳐 있었다.

한빈은 선불리 시체에 다가가지 않았다.

대신 조용히 통로를 비추고 있는 야명주를 살폈다.

야명주를 확인한 한빈은 조용히 통로를 걸어가며, 야명주 위에 조그만 가죽 주머니를 올려놓았다.

한빈은 아무렇지도 않게 통로를 막고 있는 시체를 넘어갔다.

그때였다.

시체를 뚫고 검이 튀어나왔다.

피슝!

마치 암기처럼 튀어나온 검날.

검날에는 투명한 검기가 일렁이고 있었다.

검기 때문인지 뚫린 시체의 파편이 여기저기 비산했다.

한빈은 대비했다는 듯 넘어가려던 걸음을 멈추고 재빨리 뒷걸음쳤다.

미리 구걸십팔보와 전광석화를 운용하고 있었기에 검기가 서린 검날을 피하는 것은 그리 힘들지 않았다.

하지만, 갑자기 검에 꽂힌 시체가 날아왔다.
순간, 검기에 뚫린 시체는 마치 폭약처럼 터졌다.
펑!
시체가 터지며 살점이 사방으로 날렸다.
휙!
한빈의 몸에도 시체의 살점이 닿았다.
순간 한빈이 미간을 좁혔다.
검날은 허초요, 시체의 폭발로 흩날리는 살점이 실초였다.
한빈은 아무렇지도 않게 옷에 묻은 살점을 털어 냈다.
툭툭.
순간 시체 더미의 가운데에서 흑색 무복의 사내가 일어났다.
쓰윽 일어난 사내가 한빈을 바라봤다.
시선이 마주친 한빈이 말했다.
"잘 잤어?"
"흠, 아직 세 치 혀를 놀리는 걸 보면 보통이 아니구나."
"보통은 아니니 대비했겠지."
"대비라? 지금 그렇게 웃고 있을 여유가 없을 텐데. 지금쯤이면 살이 타들어 가고 뼈가 녹아내리는 고통을 느낄 텐데 어떠냐? 아무리 고수라도……."
"괜찮으니까, 그냥 편하게 말해. 이 정도 화골산 가지고는 간에 기별도 안 가겠네."

한빈은 옷에 남은 살점을 털어 냈다.

툭툭.

털어 내고 보니 옷의 여기저기에 구멍이 나 있었다.

바닥에는 떨어진 살점이 타는 소리를 내며 녹고 있었다.

츠츠즉.

상대가 말한 대로 화골산을 시체에 묻혀 놓은 것이 분명했다.

하지만 한빈은 천독과의 대결에서 이미 독의 내성을 얻은 상태.

천독으로부터 얻은 독의 내성은 지금 상대가 뿌린 화골산에도 반응했다.

한빈이 말했다.

"천독에게 받은 독인가 봐? 질이 좀 떨어지네."

"천독을 죽인 자가 네놈이 맞구나."

"독선 말하는 거지? 그렇다면 너는 팔선 중 흑선이 맞겠네?"

"흠, 우리를 안다……."

"그렇게 떠들고 다니는데 모를 리가 있나?"

"뭐, 천독을 죽인 일은 칭찬해 주지. 상으로 너의 목을 단번에 날려 주겠다. 고통 없이……."

"미안한데, 나는 무서운 거 싫어하거든."

"아마 공포라는 감정을 느낄 틈도 없을 것이다."

"내가 무서움을 좀 타서 그러는데, 무시무시한 말 좀 하지 말아 줄래? 백선도 그렇고 너희는 왜 다 하나같이 살벌하냐? 거참."

"……."

흑선의 눈에서 초점이 사라졌다.

당황하는 모습이었다.

흔들리는 동공이 멈추고 대신 입술이 떨렸다.

한참 동안 떨리던 입술이 움직였다.

"네, 네가 진정 백선을 보았더냐?"

한빈은 대답 없이 상대를 바라봤다.

상대는 천독은 잘 죽였다고 해 놓고는, 백선의 이야기가 나오자 극도로 흥분하는 모습을 보인다.

백선이 흑선의 역린인 것 같았다.

아무래도 역린을 후벼 파야 상대가 동요할 듯싶었다.

한빈이 진득한 웃음을 지어 보이며 말을 이었다.

"보기만 했겠어? 속살도 본 사이야."

"속살이라? 풋."

흑선이 어이없다는 듯 웃자 한빈이 마주 입꼬리를 올렸다.

"뭐, 살이 아니라 장기라고 해야 정확할까?"

이것은 거짓이었다.

백선은 관군의 눈에 안 띄게 어딘가에 숨어 있을 것이었다.

한빈과 있었던 모든 일은 기억 못 한 채 말이다.

백선의 섭혼술은 그만큼 위대했다.
백선 자신의 심령마저도 완벽히 제압했으니 말이다.
조금 전까지 웃던 흑선의 표정이 바뀌었다.
아무래도 한빈의 격장지계가 먹힌 것 같았다.
흑선의 눈가가 파르르 떨렸다.
"누님을……."
그의 말이 끝나기도 전에 한빈이 잘랐다.
"내가 보냈어."
"보, 보냈다고……."
흑선이 말을 잇지 못했다.
한빈의 말은 거짓은 아니었다. 숨어 있으라고 곱게 보냈으니 말이다.
한빈이 쑥스러운 표정으로 말을 이었다.
"괜히 내가 악당이 된 느낌이네."
한빈이 어깨를 으쓱하자, 흑선의 발이 미세하게 움직였다.
한빈은 그것을 놓치지 않았다.
흥분한 것 같으면서도 이성을 잃지 않고 기습을 하려는 모습이었다.
재빨리 뒤로 물러난 한빈이 흑선과의 거리를 벌렸다.
좁은 통로에서 경공술이 뭐가 대수겠느냐만은, 한빈은 속도만큼은 상상을 초월했다.
타다닥.

흑선이 벌린 거리만큼 날아왔다.

슝!

한빈의 일촉즉발 수법처럼 검과 하나가 되어 날아오는 흑선.

이것은 종남의 중원일통의 수법이었다.

종남 삼십삼검 중 마지막 초식. 그는 중원을 일 검에 가를 정도의 기세로 달려들고 있었다.

종남파의 검법 중 초식만으로 본다면 가장 강력한 수법이었다.

이는 이 승부를 길게 끌지 않겠다는 흑선의 결심을 담았다 볼 수 있었다.

다가오는 간격만큼 재빨리 물러나던 한빈이 품속에서 은침을 꺼냈다.

'백발백중.'

한빈의 손에서 은침이 쏟아지자, 흑선이 검을 돌려 앞쪽에 검막을 피워 냈다.

검막을 유지하며 한빈을 살피던 흑선이 고개를 갸웃했다.

은침이 자신을 향해 날아오던 것이 아니라는 것을 알아챘기 때문이었다.

휙. 휙.

흑선의 귓가를 스쳐 지나가는 은침.

푹. 푹.

연속으로 뭔가에 박히는 소리가 났다.
분명 벽에 부딪히는 소리는 아니었다.
'뭐지?'
흑선은 힐끔 고개를 돌려 은침이 날아간 방향을 확인했다.
순간 흑선의 눈이 커졌다.
이렇게 서로를 볼 수 있는 것은 야명주의 도움이 절대적이었다.
그런데, 상대는 야명주 위에 뭔가를 올려놓은 것이다.
검은 액체가 흘러내리며 연기를 피워 낸다.
"흡."
흑선은 다급하게 입을 막았다.
순간, 뜨끔한 느낌이 허리를 스쳐 지나갔다.
뒤쪽에서 입맛 다시는 소리가 들렸다.
"쩝."
그 소리에 고개를 돌려 한빈을 바라보는 흑선.
흑선의 얼굴에는 당혹감이 그대로 묻어났다.
한빈은 고개를 갸웃했다.
상대는 조심성에 있어서는 천하제일을 다툴 인물이었다.
앞으로 검막을 피워 내는 동시에 몸 전체를 호신강기로 둘러싸고 있었다.
검막과 호신강기를 동시에 유지할 수 있는 것으로 봐서,

내공을 운용하는 능력은 분명 한빈보다 몇 수 위였다.

한빈은 전생에 비슷한 호신강기 운용을 본 적이 있었다.

엷은 진기로 몸을 두르고 있다가, 미세하게나마 적의 공격을 느끼는 순간 한곳에 진기를 집중하는 방식이다.

한빈은 눈매를 좁혔다.

진기로 쾌검난마의 힘을 담은 한빈의 월아를 튕겨 내려면?

한마디로 천독보다 고수여야 했다.

아직까지는 본 실력을 숨기고 있는 것이 분명했다.

숨기는 이유는?

당연히 자신의 간격 안에 몰아넣고는 단번에 끝내려는 것이다.

한빈은 상대를 바라보며 맹렬히 머리를 굴렸다.

그때였다.

갑자기 흑선의 기세가 변했다.

스스슥.

그가 피워 내는 검기도 더욱 짙어졌다.

그와 동시에 한빈의 입꼬리도 덩달아 올라갔다.

한빈의 입꼬리가 올라간 이유는 무엇일까?

그것은 상대가 가면을 벗어 버리고 무위를 드러내기 시작했기 때문이다.

별일 아닌 것 같지만, 한빈의 표정은 진심이었다.

한빈이 이번 함정을 파 놓은 진짜 이유는 잔당을 처리하기 위해서가 아니라, 적의 머리를 잡기 위해서였다.
머리를 못 잡는다면 적의 정체라도 알아야만 했다.
적은 자신을 아는데, 자신은 적을 모르는 상황.
덕분에 한빈의 뒤통수는 항상 뻑적지근했다.
그래서 보물이라는 미끼로 함정을 파 놓은 것이었다.
장운현이 흔들릴 정도의 폭발이 통로에서 일어났다.
그런데 그 근원지에서 살아남은 놈이 있다라?
그런 이가 보통의 무인일 수가 없었다.
적이 강하면 강할수록 그가 적의 머리일 가능성이 컸다.
게다가 지금 눈앞에 있는 놈은 자신의 한계를 넘어서고 있다.
지금도 점점 기세가 강해진다.
어찌 보면 한빈이 찾는 자의 조건에 충족되는 자.
한빈은 재빨리 표정을 수습했다.
마냥 좋아하고만 있을 수는 없기 때문이었다.
지금부터는 상대의 무위에 맞춰 계산을 다시 해야 했다.
쾌검난마를 운용하는 동시에 나머지 초식들을 적절히 섞는다면?
그것만으로는 부족했다.
흑선은 화경 중에서도 사 경 이상임이 틀림없었다.
만약 사 경 이상이라면 정면 승부로 꺾을 수 있을까?
계산을 마친 한빈은 힐끔 복도를 바라봤다.

때마침 한빈이 뿌려 놓은 염료와 독이 야명주를 오염시켰다.

스르륵.

칠흑 같은 어둠이 통로를 덮기 시작했다.

살짝 남은 빛 속에 흑선과 시선이 마주쳤다.

흑선은 당황한 모습이 아니었다.

마치 가소롭다는 듯 눈웃음을 짓는 것만 같았다.

여기까지는 괜찮았지만, 다음 장면에서 한빈은 고개를 갸웃했다.

흑선의 행동 때문이었다.

어둠이 깔리기 전에 상대를 확인하는 것이 당연한데, 흑선은 눈을 감았다.

'혹시 격장지계?'

한빈은 고민을 떨쳐 냈다.

어둠 속에서 누가 더 유리할까?

후각에 예민한 자신이 한 수 위였다.

한빈은 경지의 차이를 쾌검난마와 어둠으로 메꿀 생각이었다.

곧, 눈을 감은 것과 뜬 것이 매한가지인 상황이 찾아왔다.

한빈과 흑선의 숨소리가 동시에 멈췄다.

완벽한 암흑.

한빈이 들리지 않을 정도의 미약한 호흡을 뱉어 냈다.

"후."

동시에 일촉즉발의 수법으로 재빨리 검을 뻗었다.

슝!

파공성을 내며 앞으로 뻗어 가는 월아.

월아가 향하는 곳은 흑선이 있는 곳.

한빈의 후각은 정확했다.

월아의 검 끝이 흑선의 몸에 닿으려 할 때였다.

챙!

흑선의 검이 월아를 튕겨 냈다.

그뿐 아니라 흑선의 검이 앞으로 뻗어 나온다.

피슝!

날아오는 흑선의 검을 월아의 검날로 비스듬히 쳐 냈다.

챙!

방향만 바꿔 놓은 뒤 성동격서의 수법으로 다시 흑선을 찔러 들어갔다.

상대의 무위는 한눈에 봐도 한빈보다 위.

무공의 경지가 자신보다 높을 때, 공격에 성공할 확률은 이 할.

이것이 성동격서에 대한 비급의 설명이었다.

이제까지는 다섯 번 공격하면 한 번은 성공했었다.

지금도 성동격서의 수법으로 일단 찔러 가다 보면 한 번은 걸릴 것이라 생각했다.

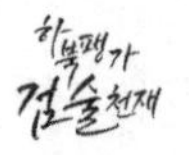

쳉. 쳉. 쳉. 쳉. 쳉!

징을 두드리는 듯한 다섯 번의 격돌이 순식간에 지나갔다.

하지만 허무하게 모두 막혀 버린 성동격서.

문제는 순식간에 이십오 년의 공력이 날아갔다는 점이다.

이대로 성동격서를 계속 내지른다면?

흑선을 상대할 공력이 모두 떨어질 것이 분명했다.

그럼 이후의 상황은?

뭐, 불 보듯 훤했다.

그때였다.

흑선의 검이 날아왔다.

반격이 시작된 것이다.

이전에 펼쳤던 중원일통에 비하면 가벼운 초식이었다.

진정한 무위를 개방하고는 가장 기본적인 초식으로 공격해 온다?

한빈은 조심스럽게 월아를 들었다.

전생에 수없이 봐 왔던 종남 삼십삼검 중 가장 기본이 되는 첫수.

천점일통(千點一通)이었다.

천점일통은 천 개의 점을 찍으면 어떤 상대든 뚫을 수 있다는 묘리를 담고 있는 초식이었다.

즉, 물방울로 바위를 뚫을 수 있다는 수적천석(水滴穿石)의 원리를 담은 초식.

바늘처럼 날카로운 흑선의 공격이 들어왔다.

챙. 챙.

뒤쪽으로 물러나며 계속해서 흑선의 공격을 튕겨 내던 한빈이 고개를 흔들었다.

뭐지?

초식은 물방울로 꾸준히 바위를 때리는 듯한 천점일통인데 반해, 위력은 중원일통에 버금가기 때문이었다.

가랑비인 줄 알았는데 알고 보니 폭우라?

문제는 그것만이 아니었다.

지금 한빈의 시야에는 여태껏 본 적 없는 글귀가 떴다.

[마기가 느껴지지 않습니다. 상대에게 쾌검난마를 사용할 수 없습니다.]

비급이 알려 주는 정보가 맞았다.

마기가 없어진 것은 흑선이 본신의 무력을 개방하면서부터였다.

그는 처음에 보였던 끈끈한 마기를 더는 드러내지 않았다.

마기와 도가의 무공을 동시에 사용하는 고수라?

그런데 그 고수의 경지가 화경, 그중에서도 사 경에 다다른다고?

답을 찾지 못한 한빈은 일단 시간을 벌기로 하고, 쾌검난

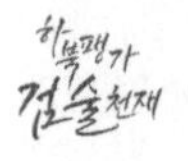

마의 초식 대신에 금상첨화의 초식을 사용했다.

금상첨화는 신체 중 한 곳을 최상의 상태로 만드는 초식.

한빈이 선택한 것은 왼팔이었다.

한빈은 금상첨화에 대해서 여러 가지로 시험을 해 보았다.

그 결과 금상첨화를 왼팔에 적용했을 때는 금강석처럼 단단해진다는 것을 알았다.

막지 못한 흑선의 일부 공격은 왼팔로 막는다.

그리고 그 힘의 일부를 돌려보내면 일단 승산이 있었다.

한빈은 재빨리 초식들을 펼쳤다.

'전광석화.'

'자승자박.'

'금상첨화.'

세 초식이 어우러지자 한빈의 몸속 진기가 소용돌이치기 시작했다.

진기가 균형에 맞게 다시 재분배된다.

동시에 한빈의 움직임이 달라졌다.

같은 초식으로 한빈을 공격하던 흑선이 고개를 갸웃했다.

묘하게 흘러들어 오는 상대의 검기 때문이었다.

문제는 그 검기가 자신의 내공과 흡사하다는 것이었다.

'혹시 이화접목?'

그도 한빈과 싸웠던 다른 이들처럼 같은 생각을 했다.

하지만 검을 멈추지는 않았다.

흑선에게는 한 가지 약점이 있었기 때문이었다.

깨달음은 화경 중 사 경에 속하지만, 본신의 내공만은 화경 중 일 경에 불과했다.

사 경의 무위를 보일 수 있는 시간은 한정되어 있다는 것.

그렇기에 빨리 승부를 봐야 했다.

흑선이 본 한빈은, 세상에서 사라져야 할 존재였다.

이렇게 판단을 내린 근거는 간단했다.

자신과 백선이 강호에서 은퇴하는 데 걸림돌이 되는 자였기 때문이다.

흑선의 검이 노한 듯 검명을 토해 냈다.

우우-웅.

웅.

흑선의 노기가 점점 짙어졌다.

한 치 앞도 안 보이는 어둠 속, 흑선의 앞에 희미한 얼굴이 나타났다.

그것은 삼십 년 전 처음 마주한 괴인의 얼굴이었다.

오래전, 강호의 이름 모를 괴인은 여덟 명의 아이를 납치했다.

물론 그들을 납치한 때는 모두 달랐다.

하지만 납치한 아이들에게 한 일은 모두 같았다.

그들은 선천적으로 무공의 재능을 타고난 아이들이었다.

그 괴인은 여덟 명의 아이들을 훈련시킨 뒤, 그들의 기억을 삭제하고 금제를 걸었다.

그러고는 여덟 명의 아이들을 다시 문파로 돌려보냈다.

문파의 최고 후기지수로 성장한 아이들은, 어느 날 동시에 사라졌다.

이것이 팔선이 세상에서 자취를 감춘 이유였다.

여덟 명의 아이들은 문파의 비사와 비급을 모두 기억하고 있는, 각 문파의 살아 있는 비고였다.

덕분에 괴인은 힘도 들이지 않고 주요 문파들의 비급과 약점을 손에 넣을 수 있었다.

머릿속에 있는 문파의 비급과 약점을 털어놓은 아이들은 어디로 갔을까?

그 정답이 바로 이 자리에 있었다.

흑선은 괴인의 꼭두각시가 되어 강호의 음지에서 활동했다.

흑선이 어둠 속에서 그린 얼굴은 바로 그 괴인이었다.

괴인의 얼굴을 떠올린 순간 흑선의 검이 더욱 빨라졌다.

소모되는 내공에도 아랑곳하지 않고 말이다.

흑선은 진정으로 분노했다.

그 분노는 한빈을 향한 것이 아니라 괴인을 향한 것이었다.

죽이고 싶지만, 실력이 되지 않았다.

모든 것을 잊고 강호를 떠나는 것이 최고의 방법이었다.

이런 생각을 할 수 있는 것은 납치된 아이 중 흑선밖에 없었다.

다른 이들은 기억이 삭제된 채 금제에 걸려 여전히 꼭두각시 노릇을 하고 있다.

다행히 흑선은 상단전이 개방되는 기연을 얻어, 금제를 풀며 모든 기억을 찾은 상태.

이는 흑선이 하늘이 내렸다는 천령지체로 태어났기 때문이었다.

하지만, 혼자서는 갈 수 없었다.

백선을 데리고 가지 않는다면 평생 후회하며 살 것을 직감했기 때문이다.

그래서 이번 임무가 중요했다.

이번 임무만 끝나면 백선의 금제를 풀고 강호에서 은퇴할 수 있다.

그런데 그 계획을 산산이 부순, 방해자가 나타난 것이다.

그것이 바로 한빈이었다.

흑선은 내공을 더욱 끌어올렸다.

온몸이 저릿저릿하지만, 이를 악물었다.

만약에 누군가 흑선의 얼굴을 볼 수 있다면, 악귀처럼 변한 그의 모습에 놀라 자빠질 정도였다.

순간 상대가 빠른 속도로 뒤로 빠졌다.

흑선은 재빨리 앞으로 상대를 쫓아갔다.

어둠 속에서 민첩하게 움직이는 흑선에게는 한 가지 특징이 있었다.

그것은 마치 코끝처럼 씰룩이는 그의 귀였다.

바로 그 귀가 어둠 속에서도 상대를 정확히 공격할 수 있는 비밀이었다.

재빨리 뒤로 물러나던 한빈은 무심코 바닥에 떨어진 무기를 밟았다.

삐끗.

발을 헛디딤과 동시에 어김없이 한빈의 허점을 파고드는 흑선의 검.

한빈은 재빨리 월아로 그의 검을 쳐 내었다.

사실 그의 검을 쳐 내는 것은 어렵지 않았다.

처음에는 소리만 들리지만, 한빈의 몸 가까이 오면 묘한 선기를 풍기기 때문이었다.

마치 종남파의 득도한 도인과 싸우는 것만 같았다.

그때였다.

한빈이 밟았던 무기를 뒤쪽으로 차 낸 순간.

쨍.

흑선의 검이 그쪽으로 향했다.

한빈은 이제야 흑선의 비밀을 눈치챘다.

자신이 후각에 예민한 것처럼 흑선은 청각에 예민한 것이었다.

적의 청각을 교란하는 것은 한빈에게는 식은 죽 먹기였다.

한빈이 상대를 교란하기 위해 은침을 뒤쪽으로 날리려 할 때였다.

어디선가 금이 가는 소리가 들려왔다.

쩌적. 쩌–억.

분명 벽에 금이 가는 소리인데 후각으로는 확인할 수 없었다.

한빈은 본능적으로 등골이 오싹해졌다.

상대해야 할 적이 바뀌었음을 알아챈 것이다.

검을 멈춘 흑선이 한빈에게 달려왔다.

동시에 귓전을 울리는 굉음.

꽈꽈–쾅.

검으로는 흠집도 나지 않았던, 금강석처럼 단단한 천장이 내려앉은 것이다.

다가오는 흑선보다 더 빨리 한빈은 반대 방향으로 달려갔다.

이대로라면 그대로 육포가 될 터.

둘은 공통의 적을 마주한 것이다.

얼마 가지 않아, 야명주가 박힌 곳이 나왔다.

한빈이 힐끔 흑선을 바라봤다.

놈도 당황한 듯 한빈의 뒤를 따라오고 있었다.

이제는 서로를 볼 수 있는 상태.

하지만, 한빈도 공격할 엄두가 나지 않았다.

그것은 놈도 마찬가지.

놈은 한빈이 구명줄이라도 되는 듯 따라오고 있었다.

흑선은 한빈이 이곳 통로를 잘 알고 있음을 눈치챘다.

그러지 않고서야 미로처럼 이리저리 뻗은 통로를 한 치의 망설임도 없이 찾아갈 수 없는 일이었다.

흑선은 이를 악물었다.

자신이 여기서 나가지 못한다면, 백선은 그놈의 노리개가 될지도 모르기 때문이었다.

흑선은 달려가며 깊이 숨을 들이쉬었다.

"후우."

통로 앞 상황을 모르니, 언제 공기가 없어질지 몰랐다.

화경의 고수라도 공기가 없으면 살 수 없을 터.

뒤쪽에서 따라오는 흑선의 움직임에는 신경 쓰지 않고 한빈은 재빨리 구걸십팔보를 펼쳤다.

사사삭.

그는 재빨리 후각에 집중했다.

방향을 알아내기 위해서였다.

이 비밀 통로는 이전에 공손명후와 추격전을 펼쳤던 곳.

아직도 천리추종향의 잔향이 남아 있었다.

한빈은 미친 듯이 속도를 높였다.

이젠 상대에게 정보를 알아내야겠다는 목적도 잊었다.

일단 이곳을 벗어나는 것이 먼저였다.

잘못해서 이곳에 묻히게 된다면, 아마 묘비에 우스운 글귀가 새겨질 것이다.

'천하제일인이 될 뻔한 자, 이곳에 묻히다.' 같은.

한빈이 그런 생각을 하고 있을 때.

쩌적.

앞쪽의 벽과 천장이 비명을 지르기 시작했다.

한빈은 '속(速)'의 속성을 모두 쏟아부어 구걸십팔보를 펼쳤다.

사사삭.

한빈의 눈앞에 넓은 공간이 보이기 시작했다.

그곳은 와불의 밑.

한빈은 장운현에서의 사건이 시작된 바로 그곳으로 먼지를 일으키며 도착했다.

어찌나 빠른지, 한빈이 통로에서 나오자 뒤쪽에서 어마어마한 양의 공기가 같이 빠져나왔다.

팡!

마치 밀봉된 명주의 호리병 뚜껑을 따는 듯한 청량한 소리.

하지만 한빈은 눈을 가늘게 떠야 했다.

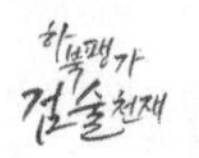

뒤쪽에서 벽이 무너지는 소리와 함께 거대한 기세가 휘몰아쳐 오고 있기 때문이었다.

순간 기괴한 소리가 들려왔다.

쩌-억.

우르릉.

벽이 갈라지는 소리와 함께, 천둥이 치는 소리가 연달아 울리고 있었다.

하지만, 벽이 갈라지는 소리가 미세하게 먼저였다.

이것은 한빈과 대결을 펼치던 흑선이 저 통로에 갇힐 거라는 이야기였다.

쿠-아앙.

한빈의 앞에 있던 통로가 굉음을 내며 주저앉았다.

한빈은 주위를 둘러보며 한숨을 내쉬었다.

"휴……."

단서를 놓친 한빈이 울지도 웃지도 않는 묘한 표정을 짓고 있을 때였다.

통로 쪽에서 벽이 갈라지는 소리가 다시 들리기 시작했다.

쩌억.

지반이 갈라지는 소리에 한빈이 월아를 정면으로 겨누었다.

숨 몇 번 쉴 시간 만에 막힌 통로의 입구에서 먼지가 풀썩댔다.

툭. 툭.

아래로 굴러떨어지는 흙더미.

한빈이 눈을 크게 뜨고 있을 때였다.

막혔던 구멍이 터지며 먼지가 피어올랐다.

팡!

먼지와 함께 깨진 청강석 조각이 한빈에게 쏟아졌다.

마치 암기처럼 쏟아지는 청강석 조각 사이로 번뜩이는 금속이 튀어나왔다.

흑선의 검이 분명했다.

한빈은 재빨리 월아로 쳐 냈다.

챙.

슬쩍 맞닿은 흑선의 검이 묘한 궤적을 그리며 한빈의 심장을 향해 날아왔다.

휙.

한빈이 왼쪽으로 빙글 돌며 공격을 피했다.

구걸십팔보 중 회(回)의 묘수.

하지만 계속 따라오는 검.

다시 쳐 냈지만, 월아를 피해 독수리의 발톱처럼 심장으로 뻗어 오는 흑선의 검.

한빈은 월아로 막지 못한 검은 흘려보내고 왼팔로 받았다.

쩡, 쩡.

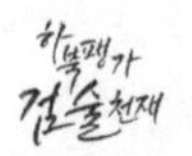

검날과 바위가 부딪치는 소리가 들린다.

눈 깜짝할 사이에 같은 장면이 몇 번씩 반복되자 금상첨화를 썼던 왼팔이 저릿해져 왔다.

그러던 중, 한빈은 자신의 손목에 차고 있는 가죽 팔찌를 떠올렸다.

어떤 방법으로도 열 수 없고.

어떤 공격에도 깨지지 않는 금 구슬이 박힌 팔찌 말이다.

그 작은 면적으로 상대의 검을 막을 수만 있다면?

아마 상대의 검이 남아나지 않을 것이었다.

적은 면적으로 막아 낸다라?

그런 방법이 있을 수…….

있었다.

그것은 용린검법의 초식 중 백발백중.

상대가 자신보다 경지가 낮을 때만 쓸 수 있는 초식.

어불성설 같지만, 흑선의 경지가 높은 것이지 흑선의 검이 한빈보다 경지가 높은 것은 아니었다.

한빈은 자신의 생각이 맞는지 시험해 보기로 했다.

'백발백중.'

한빈은 팔찌에 박힌 금 구슬로 흑선의 검 끝을 맞힌다고 생각하고 초식을 펼쳤다.

왼팔과 팔찌에 박힌 금 구슬이 움직였다.

쓱.

쨍!

날카로운 파열음이 귓가에 울렸다.

성공한 것이다.

공력을 한 개 소모했지만, 남는 장사.

지금과 같은 느낌이라면, 앞으로 스무 합 이상을 흑선의 검이 버텨 내지 못할 터였다.

한빈이 왼팔로 막은 수를 본 흑선은 고개를 갸웃했다.

왼팔로 막은 것도 이상한데, 부딪힌 소리 또한 이상했다.

저릿한 기운이 검을 타고 전해졌다.

흑선은 더욱 내공을 끌어올렸다.

스스스.

거대한 기운이 단전에서 혈맥을 타고 흘러나왔다.

상대인 적도 느낄 수 있는 기운.

바늘처럼 얇게 뻗치던 검기가 점점 굵게 변했다.

종남 삼십삼검 중 마지막 초식인 중원일통으로 바꾼 것이다.

마치 이것이 마지막 공격이라 선고하는 것 같은 흑선의 모습.

한빈을 향해 검을 뻗자 파공성이 터져 나왔다.

푸앙!

왼팔로 흑선의 검을 막은 한빈이 주르륵 밀려 났다.

순간 한빈이 고개를 갸웃했다.

팔찌에 박아 놨던 금 구슬의 모양이 변한 것이다.

타원형의 금 구슬이 약간 돌아간 듯 상부와 하부가 약간 어긋나 있었다.

이 금 구슬은 공손세가에서 얻은 안배.

열지 못해서 무엇이 들어 있는지도 확인하지 못한 상태가 아니던가?

한빈이 자신의 팔목과 흑선을 번갈아 바라봤다.

그 모습에 흑선이 비릿한 웃음을 지었다.

묘한 수법으로 자신의 검을 막아 내던 한빈에게 한계가 찾아왔다고 생각한 것이다.

흑선이 웃음을 지우고 입을 열었다.

"이제 그만 내 검에 목을 내놓아라."

"내가 생각하던 것보다 약한데? 이 정도로 내 목을 베러 온 거면 실망인데."

"아직 입은 살았구나."

"이렇게 멀쩡한 걸 보면 내가 입만 산 건 아니라는 걸 알 텐데. 그걸 몰라보는 걸 보니 네 눈이 삐었구나."

"이놈."

"나 여기 있으니까, 그렇게 입만 놀리지 말고 사내답게 실력으로 해결하자고."

한빈이 자신의 검, 월아를 턱짓으로 가리키자 흑선은 다시 달려왔다.

한빈은 자신의 도발이 먹혔다는 듯 기분 좋게 받았다.

쨍. 쨍.

그때였다.

흑선의 검이 허공을 갈랐다.

획.

흑선이 실수한 것은 아니었다.

검이 충격을 이기지 못하고 반 토막이 난 채 부러진 것이다.

검기를 머금은 검의 반쪽은 뒤쪽으로 날아가 벽에 박혔다.

푹.

순간 당황한 흑선의 눈이 커졌다.

한빈이 이렇게 자신의 공격을 막아 내리라고는 생각도 못한 것이었다.

흑선은 한빈이 실력을 숨기고 있다고 판단하고 단전을 완전히 개방했다.

우우웅.

흑선의 몸에 휘도는 내공이 공기와 공명했다.

이를 악문 흑선이 반쪽짜리 검을 한빈에게 던졌다.

슉!

동시에 흑선이 주먹을 날렸다.

순간 한빈의 눈이 커졌다.

무시무시한 흑선의 기세 때문에 놀란 것도 있지만, 흑선의 복부에 보이는 진청색 점이 더욱 놀라움을 주었다.

아무래도 지급 구결은 실력에 비례해서 나타나는 것 같았다.

그때였다.

갑자기 위쪽에서 거대한 청강석 조각이 떨어졌다.

아무래도 통로만 무너지는 게 아닌 것 같았다.

쾅.

묘하게 한빈과 흑선 사이를 가로막은 청강석 덩어리.

하지만 흑선은 주먹을 멈추지 않았다.

팡.

청강석을 가루로 만들고 뻗어 왔다.

한빈은 재빨리 양팔을 교차해 주먹을 막았다.

툭.

금 구슬의 위쪽이 열렸다.

한빈은 내용물은 확인하지 않고 금 구슬의 위쪽을 잡아 흑선의 복부를 향해 던졌다.

'백발백중.'

'성동격서.'

이번에는 운에 기대해야 했다.

아마도 저걸 막는다면 흑선의 주먹도 성치 못할 터.

한빈도 지금 흑선의 상황을 알고 있었다.

기세가 점점 늘어나더니 어느 순간 정체되어 있었다.

흑선도 자신과 마찬가지로 제약이 있다는 것을 눈치챈 것이다.

슝!

파공성을 내며 암기가 되어 날아가는 반쪽 금빛 구슬.

흑선은 내공을 담아 금빛 구슬을 쳐 냈다.

하지만 금빛 구슬은 태극을 그리며 휘어져 들어왔다.

흑선의 권법을 피해 나가는 묘한 곡선.

금 구슬이 점점 자신을 향해 날아오며 그리는 선은, 흑선의 눈에 아름답게 보였다.

마치 도가의 기운을 품고 날아오는 느낌이었다.

퍽!

반쪽짜리 금빛 구슬이 흑선의 복부에 꽂혔다.

털썩.

흑선이 허무하게 주저앉았다.

살짝 감기는 흑선의 눈꺼풀.

그는 마치 죽기 전 유언을 남기는 사형수처럼 결의에 찬 눈빛으로 물었다.

"태극혜검? 무당파?"

스르륵.

완벽하게 무너져 내린 그의 신형.

한빈의 그의 말에 답하지 않았다.

그렇다고 그의 쓰러진 모습을 보지도 않았다.

그저 조용히 허공을 응시했다.

[용안(龍眼)으로 구결을 확인합니다.]

[지급(地級) 구결 흑(黑)을 획득하셨습니다.]

[지급(地級) – 근(近), 자(者), 묵(墨), 흑(黑)]

순간 비급이 번쩍이기 시작했다.

스르륵 비급이 넘어가더니 초식을 나타내는 부분이 눈앞에 나타났다.

[흩어진 용린검법의 구결 중 하나의 초식을 완성했습니다. 초식이 활성화됩니다.]

[지급 초식 근묵자흑(近墨者黑)을 획득하셨습니다.]

[근묵자흑(近墨者黑) – 용린검법의 초식 중 금제법에 해당합니다. 천령개를 통해 상대방에게 구결을 심을 수 있습니다. 필요 시간 일각. 필요 구결 한 개. 단 한 명에게만 시전할 수 있습니다. 대상을 바꾸려면 이전 대상에게 심은 구결을 제거해야 합니다.]

묘한 초식이었다.

금제법이라니?

이것을 어디에 쓸지 난감하기만 했다.

게다가 시전 시간이 일각이기에, 전투 중에는 사용할 수 없는 초식이었다.

초식을 확인한 한빈이 혼잣말을 뱉었다.

"근묵자흑이라……."

동시에 흑선을 바라봤다.

시험해 볼 대상을 찾은 것이었다.

하지만, 한빈은 말을 맺지 못했다.

위쪽에서 다시 떨어진 청강석 때문이었다.

획!

쿵.

한빈은 재빨리 정신을 잃은 흑선을 들쳐 메고 뛰었다.

물론 반쪽짜리 금 구슬도 챙겼다.

한빈은 흑선을 들쳐 멨지만, 그가 펼치는 구걸십팔보에는 영향이 없었다.

한빈은 떨어지는 청강석을 요리조리 피해 달렸다.

순간, 한빈은 떨어지는 청강석에 묘한 움직임이 있다는 것을 알았다.

청강석은 일정한 법칙에 의해 떨어지고 있었다.

그렇다면 이것은 기관진식에 영향을 받는 것일 터.

쿵. 쿵.

드디어 떨어지던 청강석이 멈췄다.

한빈은 주위를 둘러봤다.

흑선과 자신이 있는 삼 장의 공간을 제외하고는 완벽하게

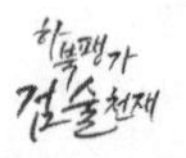

청강석이 막고 있었다.

마치 관 속에 들어온 느낌에 한빈은 혀를 찼다.

“이거 뭐 됐네.”

그러고는 흑선을 바라봤다.

죽지는 않았다.

힘을 모두 소진했는지 자고 있다.

한빈은 조용히 그의 머리 위에 손을 갖다 댔다.

‘근묵자흑.’

새로 얻은 초식을 시험해 보고자 했다.

근묵자흑은 시전 시각이 무려 일각이었다.

지금 흑선의 상태를 보면 일각 이상을 잠들어 있었을 것이다.

뭐, 그 전에 일어나면 초식을 취소하면 그만이고 말이다.

얼마나 지났을까.

한빈의 눈앞에 실력편이 펼쳐졌다.

실력편의 구결들은 반짝이기 시작했다.

한빈은 본능적으로 어떻게 해야 하는지 알았다.

구결을 심는다는 것은 금제를 거는 것이었다.

그 금제가 부정적인 효과도 있을 수 있지만, 긍정적인 효과일 수도 있었다.

구결은 비급 속에 있으나 밖에 있으나 한빈의 것이었다.

스스슥.

비급의 구결이 획이 되어 한빈의 심장으로 들어왔다.

구결의 획이 마치 내공이라도 되는 것처럼 혈맥을 타고 오른손으로 흘러들어 갔다.

팔을 맴돌던 획이 한빈의 손바닥을 통해 흑선의 천령개로 들어갔다.

스스슥.

순간 한빈은 눈을 크게 떴다.

비급에는 설명되어 있지 않던 효능이 나타났기 때문이다.

흑선의 기억이 손을 타고 밀려들기 시작했다.

기억이 짜릿하다고 하면 이상하지만, 실제로 짜릿한 기운이 손을 타고 팔에서부터 머리까지 흘러들어 왔다.

한마디로 기억의 파편.

한빈은 문득 자신의 기억도 흑선 쪽으로 흘러들어 가는 것은 아닌지 의문이 들었다.

하지만 그 궁금증은 바로 해결되었다.

한빈의 몸에서 흘러 나간 것과 흘러 들어온 것이 명백했기 때문이었다.

한빈의 손이 번쩍하고 빛을 냈다.

그의 천령개에 구결을 새겨 넣은 것이다.

한빈은 지금 근묵자흑을 사용할 수 있었던 것은 천운이라 생각했다.

일각의 시간이 필요하다는 것은 상대방을 완벽하게 제압

해야 한다는 뜻.

한빈은 지금 흑선을 제압할 수 있었던 것이 천운이라 생각한 것이다.

한빈은 흑선의 천령개에서 손을 뗐다.

그때였다.

근묵자흑의 영향인지 아니면 시간이 되어서인지는 모르겠지만, 흑선이 신음을 뱉어 냈다.

"끄응."

머리를 감싸 쥐며 일어나는 흑선이 한빈을 바라봤다.

눈앞에 적이 있는데도 흑선은 전혀 당황하지 않았다.

대신 미간을 좁히며 질문을 쏟아 냈다.

"대체 내게 무슨 짓을 한 것이냐?"

"내가 너에게 무슨 짓을 했는지, 나도 아직은 모르겠어."

"네놈, 대체 무슨 짓을……."

말끝을 흐린 흑선은 자신의 머리를 매만졌다.

그것도 잠시, 황당하다는 표정으로 물었다.

"내 머릿속에 무엇을 넣어 놓은 것이냐? 대체!"

"역시 상단전이 개방된 인재답군. 머릿속에 들어 있는 게 느껴지다니."

"그, 그걸 어떻게……."

흑선은 놀란 듯 말을 잇지 못했다.

그 모습에 한빈이 검지로 흑선을 가리켰다.

"그거 말고 다른 것도 알고 있지. 네가 천령지체라는 것도……."

"……."

흑선은 아무 말도 못 했다.

혹시 점쟁이냐는 표정인 것 같았다.

그가 놀란 입을 다물기도 전에 한빈이 말을 이었다.

"그 덕분에 흑룡단주의 금제에서 벗어났다는 것도 말이야. 물론 너는 기억을 잃은 척하고 있었겠지만."

한빈의 입에서 나온 흑룡단주는 그의 기억에서 엿본 괴인의 이름이었다.

그를 납치해 금제를 걸고 꼭두각시처럼 부려 먹었던, 흑선의 적이며 보호자이자 주군인 놈의 이름.

물론 흑선의 모든 기억을 받아들인 것은 아니기에 보충할 필요가 있었다.

일단 흑선과의 대화가 필요했다.

그런데 흑선은 살짝 떨고 있었다.

"대체 너는 누구냐?"

"왜 다들 나만 보면 그걸 묻는지 모르겠어."

한빈은 가볍게 고개를 흔들었다.

그 모습에 흑선이 물었다.

"호, 혹시 내게 금제를……."

"비슷해."

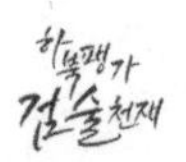

한빈이 씩 웃자 흑선이 눈을 감았다.

마치 자신의 머리에 심어진 구결을 몰아내려는 듯 상단전의 힘을 쓰는 모습이었다.

한빈은 조용히 그를 바라보고 있었다.

입을 다물고 있는 대신에 뒤쪽에 있는 월아를 틀어쥐었다.

흑선이 자신의 힘으로 몰아낼 수 있다면, 근묵자흑이란 초식을 쓸모가 없었다.

그러니 몰아내는 즉시 흑선을 다시 제압해야 했다.

얼마나 지났을까?

흑선의 천령개에서 스멀스멀 연기가 피어오르기 시작했다.

"악!"

흑선은 땅이 울릴 정도로 비명을 질렀다.

그 모습에 한빈이 말했다.

"워이, 워이. 진정해. 잘못하면 남은 공간마저 무너진다고."

"……."

흑선은 조용히 한빈을 바라봤다.

그와 시선이 마주친 한빈은 틀어쥐었던 월아를 다시 바닥에 놓았다.

그러고는 사람 좋은 얼굴로 그를 바라봤다.

아무래도 약간의 설명이 필요할 것 같아서였다.

흑선이 진정될 때까지 기다리던 한빈이 입을 열었다.

"일단 이 말부터 하지, 너에게 자유를 주겠다."

"그, 그게 무슨 말이냐?"

"흑룡단주라는 놈이 네게 금제를 걸었지. 너는 그걸 풀었고."

"그렇다. 그런데 내게 자유를 주겠다는 말은 무엇이냐?"

흑선은 한빈의 진의를 살피겠다는 듯 눈도 깜빡이지 않았다.

"그런 눈빛은 조금 부담스럽고. 네가 사랑하는 여인을 구해 주면 되는 거잖아. 그럼 너도 나를 해칠 필요 없고."

"네가 그걸 어떻게……."

"백선 맞지? 아미파의 백선."

"……."

흑선은 입을 크게 벌렸다.

그 모습에 한빈이 고개를 끄덕이며 다시 말을 이었다.

"놀란 거 알아. 일단 내 말부터 들어."

흑선의 눈빛이 사그라들었다.

"말해 봐라."

"흑룡단주가 건 금제도 푼 너야. 그런데 내가 건 금제는 왜 못 풀었을까?"

"……."

"그거 하나만으로도 금제술의 위아래가 결정되었겠지?"

"그렇다면……."

흑선은 말끝을 흐렸다.

반박하려 했지만, 마땅히 할 말이 없었기 때문이었다.

한빈의 말은 논리적으로 정확했다.

그 표정을 본 한빈이 재빨리 말을 이었다.

"그래, 내가 백선의 금제술을 풀어 줄 수 있어. 아니 풀지는 못해도 막아 줄 수는 있어."

"막는다라?"

"기억을 찾아 주지는 못해도 너를 따르게 할 수는 있다는 말이지. 대신!"

한빈은 마지막 단어에 힘을 주었다.

그 말에 흑선이 침을 삼켰다.

"꿀꺽."

함부로 묻지 못하는 흑선.

하지만, 인내심이 다했는지 흑선의 입술이 꿈틀대기 시작했다.

머뭇거리던 흑선의 입이 드디어 열렸다.

"조건이 뭐냐?"

"내 동료가 되어라."

"동료라고? 하하."

흑선이 허탈하게 웃었다.

한빈도 마주 웃었다.

"하하, 일단 편하게 웃어. 앞으로는 웃을 기회가 그리 많지 않을 테니까."

"내가 웃는 이유를 알겠나?"

"내가 그것까지 알아야 하나?"

"어떻게 나에 대해서 알아냈는지는 몰라도, 나는 이 지긋지긋한 강호에서 벗어날 거야. 그런데 나한테 네 부하가 되라고?"

"복수하고 싶지 않나?"

"음."

흑선이 침음을 삼켰다.

그것도 잠시, 흑선이 인상을 잔뜩 찌푸린 채 입을 열었다.

"황당하군!"

"뭐가 황당하다는 거지?"

"흑룡단주에게 복수를 하겠다고? 누가? 네가?"

"물론 내가 도와주지."

"이런 미친……."

"불가능한가?"

"나한테도 버둥대던 네가 흑룡단주를 잡겠다고?"

"계속 말해 봐."

"현 무림삼존에게 대들 자신이 있나?"

"무림삼존이라……."

한빈은 조용히 무림삼존을 떠올렸다.

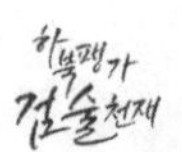

무림삼존이라고 하면, 세대에 따라 바뀌지만, 지금은 마교의 교주와 무당의 장문인 그리고 소림사의 일지대사를 일컬었다.

그들은 모두 무신으로 추앙받는 자들.

그들과 대등하게 비무를 펼칠 수 있는 자는 무림에 존재하지 않는다는 것이 강호의 정설이었다.

생각을 마친 한빈이 입을 열었다.

"그렇다면 무림삼존을 꺾을 실력이 되어야 흑룡단주에게 복수할 수 있는 건가?"

물론 지금 꺾을 수 있다는 것은 아니었다.

가능성을 가늠하려는 질문이었다.

"문제는 거기에 있지. 실력이 있어도 흑룡단주를 찾을 수 있는 자는 세상에 아무도 없다는 것."

"흠."

"우리가 납치된 곳, 다시 끌려간 곳. 그리고 일 년마다 만나는 회합 장소가 모두 달랐어. 그런데 더욱 무서운 것은……."

"계속해 봐."

"그래, 계속하지. 무서운 것은 그는 우리가 있는 곳을 안다는 것이야. 어떤 방법을 쓰는지는 몰라도 말이야."

"뭐, 방법이야 많지. 그래서 네 생각은 뭐지?"

"신경 끊고 흑룡단주의 눈에서 벗어나는 것이 내가 찾은 정답이었어."

"너희가 있는 곳을 안다며. 그러면 또 찾아올 텐데?"

"저 멀리 해남이나 동이족이 사는 곳으로 가면 쫓아오지는 않을 거야. 흑룡단주도 그리 한가한 새끼는 아니니까."

뭔가 안 좋은 기억이 떠올랐는지 이를 부득부득 가는 흑선이었다.

한빈은 그 모습에 기가 찼다.

저 정도로 증오한다면 복수라는 단어를 한 번쯤 생각할 만도 한데, 그는 도주만을 떠올리고 있었다.

하지만 한빈은 곧 조용히 고개를 끄덕였다.

그의 기억을 읽으며 흑룡단주에 대한 공포를 확인했기 때문이었다.

한빈은 정체 모를 적과 나라를 엮어 넣은 자신의 계획이 옳았음을 다시 한번 느꼈다.

한빈이 물었다,

"흑룡단주의 목적이 마를 멸하고 정파를 바로잡는 것인가?"

"그 얘기는 어디서 들었지? 참, 나에 대해서 속속들이 알고 있는 당신에게 물어볼 말은 아니군."

한빈은 조용히 고개를 끄덕였다.

사실 이것은 백선에게 들었던 이야기였다.

근묵자흑 초식으로 흑선의 모든 삶을 한 번에 머리에 넣는 것은 불가능했다.

흑선의 기억 중 중요한 것만 읽었다고 보는 것이 정확했다.

한빈의 표정을 본 흑선이 다시 말을 이었다.

"그건 그저 명분일 뿐, 그가 진정으로 원하는 것은 군림천하지."

"군림천하라? 내 경쟁자군."

"……."

흑선은 한빈을 보며 혀를 찼다.

마치 흑선은 너도 미치광이냐는 눈빛으로 한빈을 보고 있었다.

그의 눈빛을 읽은 한빈은 피식 웃었다.

사실 공허함이 담긴 웃음이었다.

한빈이 원하는 군림천하는 세상에 적수가 없는 상태였다.

세상에 시비 거는 자가 없는 천하제일인.

사랑하는 사람을 보호할 수 있는 절대자.

수하를 잃지 않을 만한 권력을 가진 존재.

그것이 한빈이 나아갈 길이었다.

그것을 위해서라면 수단과 방법을 가리지 않을 것이다.

세월을 거슬러 올라와 구결을 모으는 것도 이런 이유였다.

세상을 구하고 강호를 구한다?

그런 낭만 따위는 한빈에게 없었다.

만약 세상을 구할 일이 있다면, 그것은 한빈이 세상 모든 이를 사랑할 때였다.

한빈이 그런 성인이 될 일은 없었으니 그건 불가능한 일이었다.

한빈의 표정을 본 흑선이 허탈하게 웃었다.

“내가 이번에는 잘못 짚었군.”

상단전이 개방된 고수답게 한빈의 표정에서 진의를 파악한 것이다.

한빈과 흑선의 대화는 계속 이어졌다.

여기서 중요한 것은 한빈이 적에게 얼마나 노출되어 있냐는 점이었다.

한빈은 이 부분에서는 조금 안심했다.

그들은 한빈을 주시하지 않고 있었다.

그들과 계속 부딪힌 것은 어찌 보면 우연이었다.

여기서 더 놀라운 것은, 황보세가에서 죽였던 괴인도 팔선 중 하나라는 것이었다.

거기에 더해 몇 가지 정보도 얻을 수 있었다.

흑룡단주에게 지시를 받아 모두를 통솔하는 것은 지선(智仙)이라는 동료라고 했다.

그들의 주된 활동은 무림세가와 거대 문파의 장악이었다.

그 부분에서 한빈은 지선과 흑룡단주에게 박수를 보내고 싶었다.

한빈도 손 안 대고 코 풀 수 있는 가장 좋은 방법은 자신의 하수인을 심어 문파를 장악하는 것이라고 생각했으니 말이다.

한빈은 흑선에게 물었다.

"그럼 지선의 행방은?"

"정확히는 모른다. 내 예상으로는……. 위씨세가 혹은 제갈세가에 있을 가능성이 크다."

"오호."

한빈이 눈을 빛냈다.

그 모습에 흑선이 물었다.

"왜 그러지?"

"별일은 아니고 위씨세가에는 전에 진 빚이 조금 남아 있어서."

한빈이 진득한 미소를 지었다.

정확히는 전생의 빚이었다.

흑선이 고개를 갸웃하며 물었다.

"나도 뭐 하나만 묻지."

"말해 봐. 이 정도로 성실히 답해 줬으니, 나도 네 질문에 대답해 주는 게 맞지."

이것은 반쯤 진심이었다.

사실 어떤 질문에 답하든 상관이 없었다.

한빈이 그의 머릿속에 심어 놓은 구결이 바로 독(毒)이기 때문이다.

한빈을 해치려는 행동을 하게 된다면 머리부터 썩어 들어갈 것이었다.

그의 기구한 인생에 양념 한 숟가락을 더 퍼 넣은 느낌 때문에 찜찜하긴 했지만, 지금은 이게 최선의 방법이었다.

"너는 대체 누구냐?"

흑선의 입에서 나온 질문은 의외로 간단했다.

한빈도 간단히 답했다.

"하북팽가의 막내."

"헉!"

비명이 튀어나왔다.

제법 많은 뜻을 포함하고 있는 비명이었다.

한빈은 모른 척 물었다.

"왜 그렇게 놀라지?"

"지금 나를 놀리는 건가?"

말을 마친 흑선은 한빈을 훑어봤다.

그 모습에 한빈이 어깨를 으쓱했다.

"내가 왜 너를 놀리겠어? 이런 석관을 생각나게 만드는 공간에 갇혀 있는 상황에서, 굳이 너를 놀릴 이유는 없지."

한빈이 턱짓하며 주위를 가리켰다.

다른 이라면 이런 밀폐된 공간 안에 갇혔다는 사실을 알아채고는 까무러칠 텐데, 흑선의 관심은 오직 한빈에게만 향했다.

흑선이 크게 고개를 흔들었다.

"이해가 안 되는군. 나한테 펼쳤던 검법이 하북팽가의 무공인가? 하북팽가에 언제부터 너 같은 검객이 있었지? 적어도 화경의 초입 수준인데……. 그 정도의 검객이 하북, 아니 강호에 나왔는데 이렇게 조용하다고?"

흑선은 놀랐는지, 다람쥐 도토리 까듯 빠르게 질문을 쏟아냈다.

한빈은 잠시 틈을 두었다.

계속 대답을 해 봤자 상대가 못 믿을 것이기 때문이다.

상대는 상단전이 개방된 인물.

천천히 얘기하다 보면 이해를 할 터였다.

다만, 지금은 흥분해서 이성적인 사고를 하지 못하는 것만 같았다.

어느 정도 시간을 둔 한빈이 작게 웃으며 말을 이었다.

"하북팽가의 무공은 아니지만, 하북팽가의 막내는 맞아."

"하하."

흑선이 어이없다는 듯 웃었다.

그것도 잠시, 그가 다시 물었다.

"하나만 더 묻지. 네가 던진 그 마지막 암기는 태극혜검의 묘리를 담고 있었나? 혹시 무당의 제자인가?"

"무당산 근처에도 가 보지 않은 내가 무당의 제자일 리가 없지."

물론 이것은 거짓이었다.

전생에는 제법 많이 들렀던 곳이 무당과 화산이었으니 말이다.

흑선은 또 질문이 있는지 다시 입을 열었다.

순간 한빈이 검지를 입술에 갖다 댔다.

"쉿!"

그 모습에 흑선이 숨을 멈췄다.

"흡."

뭔가 이상한 느낌이 들어서였다.

아니나 다를까?

그들을 가로막고 있는 청강석 사이로 바람이 불어왔다.

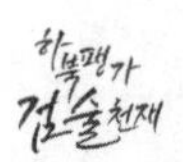

뜻밖의 보상

흑선이 외쳤다.

"조심해!"

"빠져나갈 준비를 해!"

한빈도 같이 외쳤다.

같은 원인에 대해 둘은 전혀 다른 말을 했다.

흑선은 바람을 보고 어디선가 폭발이 일어났다는 것을 감지하고 던진 말이었고, 그에 반해 한빈은 폭발이 일어난 틈을 타서 빠져나가자는 뜻이었다.

한빈은 대충 시간을 가늠해 봤다.

대충 두 시진이 지난 것 같았다.

두 시진이라면?

공손명후가 입구를 막기로 한 시간이었다.
한빈은 혀를 찼다.
막으라고 해서 흙을 덮고 비석을 쓰러뜨릴 줄 알았는데, 입구를 폭파시킨 것이었다.
처음에는 그렇게 자신을 걱정하는 것 같더니만, 조금의 망설임도 없이 입구를 막은 공손명후를 생각하니 헛웃음이 나왔다.
거기에 한술 더 떠 폭약이라니!
물론 황실의 스승을 배출한 가문이니 관아에서 허가한 폭약을 지니고 있을 테지만, 아무리 그래도 폭약은 조금 지나쳤다.
하지만, 지금은 한가하게 넋두리를 속에 새길 때가 아니었다.
한빈은 눈매를 좁히고 상황을 주시했다.
순간 그들을 가로막고 있던 청강석이 들썩인다.
거대한 압력이 밀려와 밀폐된 공간을 움직인 것이다.
한빈이 흑선을 낚아챘다.
그러고는 구걸십팔보를 펼쳤다.
사사삭.
한빈은 무너지는 청강석 사이를 미꾸라지처럼 빠져나갔다.
구석 위쪽까지 올라가자 조금 다른 재질의 천장이 가로막

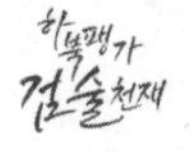

고 있었다.

짙은 흑색의 차가운 물질.

그것은 무쇠였다.

'혹시?'

한빈이 떠올리기도 전에 무지막지한 화기가 느껴졌다.

한빈은 그제야 깨달았다.

한빈이 배치해 놓은 기름통과 화약 중 불발탄이 있었다는 것을 말이다.

본래라면 첫 번째 지진 때 기름이 터져야 했다.

지도를 떠올려 보니 이 방의 근처였다.

그게 지금에서야 충격을 받고 터진 것 같았다.

한빈은 숨을 들이쉬었다.

"흡."

조금 전까지 육포가 될 것을 걱정했다면, 지금은 꼬치구이가 될 것을 걱정해야 했다.

덮쳐 오는 화기가 더 빠를지 아니면 발이 빠를지를 시험해 봐야 했다.

천장을 덮은 무쇠에 틈이 있는 것으로 봐서는 거대한 압력 때문에 천장이 들썩일 수도 있었다.

그때가 바로 기회였다.

한빈은 재빨리 내공을 운용했다.

가장 빠른 보법을 써야 했다.

준비를 마친 한빈은 흑선의 목덜미를 틀어쥐었다.

아직 회복을 못 한 흑선이 그 짧은 순간에 틈 사이를 빠져나갈 수는 없을 터.

이대로 두면 육포구이가 될 터였다.

화르륵!

후!

강하게 불어오는 화기.

동시에 거대한 압력의 해일이 온몸을 덮쳐 왔다.

한빈은 때를 가늠했다.

하나.

둘.

셋.

시간이 되었다.

얼핏 보니 슬쩍 천장이 들썩인다.

동시에 발끝에 타들어 가는 통증이 느껴졌다.

모든 것이 동시에 일어난 일이었다.

'금선탈각.'

휘리릭.

한빈의 신형이 한 줄기 옅은 그림자가 되어 잔상도 남기지 않고 사라졌다.

밖으로 빠져나온 한빈은 흑선과 함께 바닥을 굴렀다.

한빈이 착지한 곳은 제법 큰 구멍에서 두 걸음 떨어진 곳

이었다.

한빈이 막 안도의 한숨을 쉬려 할 때였다.

올려다본 하늘에는 흰색 구름 대신 흑빛 구름이 보였다.

순간 한빈이 눈을 크게 떴다.

그것은 구름이 아니었다.

눈앞에 보이는 것은 거대한 쇠뭉치였다.

한빈은 재빨리 흑선을 옆으로 던졌다.

휙.

흑선이 종잇장처럼 날아갔다.

흑선을 던진 한빈도 재빨리 굴렀다.

일어날 시간도 없이 옆으로 휘리릭 굴렀다.

그때 거대한 굉음이 울렸다.

쾅.

귀청이 찢어질 듯한 소리에 한빈이 쇳덩이를 확인했다.

순간 한빈은 입을 벌렸다.

쇳덩이는 다름 아닌 불상이었다.

겉으로 봤을 때는 나무였는데, 바닥은 쇠뭉치라서 비밀 공간의 덮개 역할을 하고 있던 것이다.

저 와불이 높이 떠오를 정도라면?

한빈은 생각만 해도 끔찍했다.

계속된 위기 중 하나라도 못 벗어났다면, 한빈의 마지막은 육포 아니면 토끼구이가 될 뻔했다.

"휴."

한빈은 한숨을 내쉬며 옆을 바라봤다.

한빈의 시야에 끙끙거리며 일어나는 흑선의 모습이 보였다.

한빈은 재빨리 흑선을 잡아끌고 구걸십팔보를 펼쳤다.

사사삭.

한빈은 순식간에 와불의 옆에서 사라졌다.

한빈이 사라지고 얼마나 지났을까?

장운현의 사람들이 고개를 내밀고 밖을 보기 시작했다.

이제 잠잠해진 것처럼 보여 모두가 안도의 한숨을 쉴 때, 상인 중 하나가 외쳤다.

"모두 저길 보게!"

그가 가리킨 곳은 와불이 있는 곳이었다.

다른 이들도 웅성대며 한마디씩 했다.

"저게 뭐지?"

"그러게 말이야."

모두는 점포에서 나와 와불로 모여들었다.

다른 이들도 마찬가지였다. 묘한 소문은 삽시간에 퍼져 나갔다.

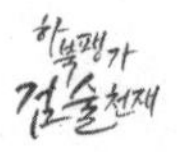

그들은 소문을 확인하기 위해 빠르게 와불이 있는 곳으로 향했다.

와불 앞에 선 이들은 모두 합장을 하며 고개를 숙였다.

이들이 이런 행동을 보이는 이유는 무엇일까?

그것은 와불이 움직였기 때문이다.

뒤늦게 나온 공손수도 합장했다.

이전에는 누워 있던 와불이, 좌선하는 불상으로 바뀐 것은 공손수의 계책.

하지만, 지금 와불이 움직인 것은 누구의 계책도 아니었다.

공손수의 머리로도 이해가 안 될 상황이었다.

물론 밑에 있는 기름이 터지며 그 화기와 압력에 들썩이며 와불이 움직인 것이지만, 이를 아는 이는 없었다.

제자리로 내려왔는데 와불이 바라보는 방향만 바뀐 상태.

상인 중 누군가가 말했다.

"하북팽가의 사 공자 말이 맞았네."

"뭐가 맞아?"

"경천동지할 일이 생기면 집에 꼼짝 말고 있으라고 했잖아. 저기 봐, 나와서 돌아다녔으면 큰일 날 뻔했어."

상인이 주변을 가리켰다.

주변은 그야말로 아수라장.

사실 마지막 폭발이 제일 큰 피해를 줬다.

그때 다른 상인이 고개를 갸웃했다.

“하북팽가의 사 공자는 어떻게 천기를 읽었을까?”

“에이, 생불이잖아, 생불.”

“그러게 말이여. 진짜 살아 있는 관음보살님이 맞나 벼.”

그때였다.

와불이 서 있는 방향을 보고 있던 누군가가 큰 소리로 외쳤다.

“다들 여기 봐 봐!”

“뭔데, 또 무슨 일이야?”

“여기를 보라고!”

사람들을 불러 모은 상인이 가리킨 곳은 와불의 머리였다.

하지만, 다른 이들은 그 상인이 무엇을 말하려는지 모르겠다는 듯 고개를 갸웃했다.

“와불님의 머리가 왜?”

“아니, 머리 말고 눈 말이야.”

상인은 답답한지 검지로 와불의 눈을 향해 콕콕 찍는 시늉을 했다.

“눈이 왜?”

사람들은 고개를 갸웃했다.

눈이라고 말을 해 줘어도 무슨 뜻인지 이해를 못 하는 사람들.

상인이 답답한지 가슴을 팡팡 치며 말을 이었다.

"지금 와불님이 어딜 보고 있는지 보라고."

"와불님이 어딜 보는지를 우리가 어떻게 알아? 극락세계를 보고 계시겠지."

"아니, 저쪽에 뭐가 있는지 생각해 보라고."

"저쪽이야 마을 밖인데, 뭐가 있겠어."

"그 너머에 말이야."

상인이 손가락으로 포물선을 그렸다.

마을 밖을 가리킨 것이다.

상대는 다시 물었다.

"그 너머에?"

뭐, 나머지 사람들도 마찬가지였다.

모두가 고개를 갸웃할 때, 와불의 머리를 가리켰던 상인이 또박또박 큰 소리로 외쳤다.

"하북팽가!"

순간 모두의 눈이 커졌다.

방금까지 생불이라 칭찬했던 하북팽가의 사 공자.

그리고 이제껏 그들이 믿고 있던 와불.

그런데 와불이 하북팽가를 바라보고 있다라?

이것은 그들의 가슴에 묘한 믿음의 불씨를 지폈다.

와불에게 합장하던 이들의 방향이 점점 바뀌었다.

그들 모두는 하북팽가 쪽으로 머리를 숙였다.

한참을 가던 한빈은 뒤통수를 어루만졌다.

이상하게도 뒤통수가 따가웠기 때문이다.

그 모습에 흑선이 물었다.

“왜 그러는가?”

“뒤통수가 따가워서.”

“팽 공자를 욕할 사람이 어디 있다고?”

“그야 모르지.”

둘은 이곳까지 오면서 제법 많은 이야기를 나누었다.

흑선의 눈빛도 많이 달라져 있었다.

금제를 걸었지만, 자신의 생명을 구한 한빈을 원망할 수는 없는 일이었다.

거기에 더해 한빈은 백선의 치료를 약속한 상태.

흑선에게 한빈은 한 줄기 희망이었다.

거기에 더해 둘은 진짜 동료처럼 말을 놨다.

흑선은 한빈에 비하면 한참 형이지만, 공통의 적을 가진 동료로서 편하게 대하기로 한 것이다.

한빈이 말했다.

“그럼 내가 말한 곳으로 가 보라고. 거기에 백선이 있을 테니.”

“고맙네. 내가 도울 일이 있으면…….”

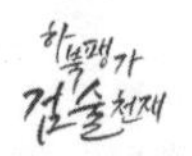

"아니, 잘 숨어 있는 게 도와주는 거니, 걱정 말고."

한빈이 손을 내저었다.

흑선이 한빈에게 포권했다.

"그럼 이만."

"잠시만, 그런데 장운현에 관심을 둔 이유가 대체 뭐지?"

"내가 알기로, 흑룡단주는 특이체질을 찾고 있었네."

"특이체질이라……."

"무극지체라는 체질일세. 무극지체를 가진 이를 찾아서 특수한 약을 복용시킬 것이라 했다네."

"약이라?"

"얼핏 지선에게 들은 얘기로는, 용이 남긴 흔적이라고 했네."

"흠."

한빈이 자신도 모르게 헛기침했다.

묘하게 흑룡단주란 인간은 자신과 자꾸 엮이고 있었다.

그 헛기침의 의미를 모르는 흑선이 말을 이었다.

"참, 천독을 제거해 준 일도 고맙네."

"그게 왜 고맙지?"

"우리를 추적할 수 있었던 것이 천독의 독 때문이라 알고 있네. 그를 제거했으니 백선 누님과 나도 쉽게 몸을 숨길 수 있겠지."

"참, 흔적을 감추려면 철저히 하라고, 그러니까……."

한빈은 몇 가지 방법을 말해 주었다.

독을 제거하는 방법.

천리추종향을 완벽히 지우는 방법.

그리고 위치를 추적당할 장신구에 대한 것이었다.

상단전을 개방한 흑선이니 잘 알아들었을 것이라 한빈은 생각했다.

흑선이 눈앞에서 사라지자 한빈도 재빨리 움직였다.

사사삭.

한빈은 풀잎 밟는 소리만 남기고 자리에서 사라졌다.

한빈이 향한 곳은 강유찬이 있는 초소였다.

그는 고개를 갸웃했다.

마차에서부터 적혈맹호대까지, 모두가 심각한 표정으로 웅성거리고 있었기 때문이다.

더 이상한 것은 모두가 움직이지 않고 경계 태세를 취하고 있다는 점.

거기에 강유찬은 어디에도 보이지 않았다.

한빈이 어슬렁어슬렁 적혈맹호대의 앞에 나타나자, 설화가 달려왔다.

"공자님."

"무슨 일이야? 왜 여기서 이러고 있어?"

"그게, 이무명 호위가 전해 준 쪽지대로 따르는 바람에요."

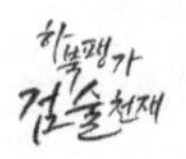

설화의 얘기대로라면 한빈의 지시에 따른 것이었다.
한빈은 고개를 갸웃했다.
뭔가 이상했기 때문이다.
한빈이 재빨리 물었다.
"그런데 강유찬 대인은 어디에 있고?"
"그 쪽지 때문에 막사에서 회의하고 있어요, 공자님."
"회의를 하고 있다고?"
한빈은 눈매를 좁히며 막사를 돌아봤다.
고민을 길지 않았다.
한빈은 지체 없이 막사를 향해 달려갔다.
한빈을 알아본 군졸들도 한빈의 앞을 막지 않았다.
도리어 친절히 길을 열어 줬다.
그도 그럴 것이, 지금 막사에서 열띤 토론을 하는 이유가 바로 한빈이 남긴 쪽지 때문이 아니던가?
"들어가시죠."
손짓하며 안쪽을 가리키는 군졸의 말에 한빈이 살짝 고개를 끄덕였다.
"고맙소."
인사를 하고 들어서자, 설화의 말대로 막사 가운데에 있는 탁자를 둘러싸고 모두가 침을 튀기고 있었다.
한빈은 헛기침을 했다.
"흠."

왔다는 기척을 일부러 낸 것이다.

기척을 느낀 강유찬이 고개를 돌렸다.

순간 커진 그의 눈과, 호기심에 가득 찬 한빈의 눈이 마주쳤다.

먼저 반응한 것은 강유찬이었다.

강유찬은 마치 경공술을 펼치듯 한빈에게 달려왔다.

뭐, 착각이 아니라 화산파 최고의 경공술인 자하신보를 펼인 것이었다.

한빈의 앞에 온 강유찬이 말했다.

"그렇지 않아도 자네를 기다리고 있었네."

"무슨 일이십니까? 제가 남긴 쪽지 때문에 회의 중이시라 들었습니다."

"이걸 보고 도저히 어떻게 해야 할지를 몰라서 부관과 몇몇 수장들이 모여서 머리를 짜내고 있었네."

강유찬은 한빈에게 쪽지를 건넸다.

"이게 자네가 건넨 쪽지가 맞는가?"

"살펴보겠습니다."

쪽지를 건네받은 한빈의 눈빛이 떨렸다.

쪽지에 적힌 내용을 보니, 한빈이 준 것이 맞았다.

한빈은 자신도 모르게 작게 혼잣말을 뱉었다.

"아, 이게 대체……."

한빈의 표정이 묘하게 일그러졌다.

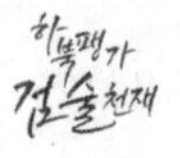

그 이유는 과연 무엇일까?

한빈은 몇 가지 상황을 가정하고 순서에 맞게 주머니를 나눠 줬다.

그런데 지금의 쪽지는 두 번째 주머니에 든 쪽지였다.

'살고자 하면 죽을 것이요, 죽고자 하면 살 것이다.'라는 쪽지는, 한빈에게 무슨 일이 생겼을 때 적을 대하는 태도를 의미한다.

첫 번째로 준 쪽지의 내용은, 경천동지할 일이 생기면 재빨리 이 지역을 벗어나라는 것이었다.

땅이 흔들린다면 적이 미끼를 물었다는 의미.

미끼를 문 적을 해치우는 것은 한빈 하나면 충분했다.

잘못하면 적혈맹호대가 한빈의 약점이 될 수도 있었다.

그런 이유로 적혈맹호대가 하북팽가로 하루라도 빨리 향하는 게 유리하기에 내린 지시였다.

물론 일이 이렇게 꼬인 것은 우연이었다.

적혈맹호대가 이곳에 도착하는 순간에 맞춰 통로가 터지리라는 것은 한빈도 예측할 수 없었다.

바람의 방향을 바꾸고 일시를 예측하는 제갈량과 같은 재주는 없었다.

거기에 이무명이 첫 번째가 아닌 두 번째 주머니를 꺼낸 것이 가장 큰 원인이었다.

이무명의 실수와 우연이 겹쳐서 지금 강유찬과 병사들의

수장들이 머리를 맞대고 끙끙 앓는 광경을 낳게 된 것.

여기서 가장 큰 문제는, 이것을 이무명이 했다고 밝힐 수 없는 일이었다.

강유찬이 보기에 이것을 전해 준 것은 이무명이 아닌 한빈이었다.

이 많은 병사를 옴짝달싹 못 하게 만든 것이 사소한 오해였다고 한다면?

한빈의 눈썹이 꿈틀하다가 멈췄다.

한빈이 아무렇지 않게 입을 열었다.

"제가 말씀드리고 싶은 것은 두 가지였습니다."

"두 가지라……."

강유찬이 말끝을 흐리며 고개를 끄덕였다.

계속 말해 보라는 뜻이었다.

그 모습에 한빈이 진지한 표정으로 말을 이었다.

"첫째, 적이 보인다면 흩어지지 말고 버텨야 한다는 걸 말하고 싶었습니다. 모든 일이 끝났다고 생각했을 때 나타난 적은 분명 잔당이 아닐 터, 병사들의 힘으로는 막을 수 없을 것입니다. 그렇다고 곱게 보낼 수는 없는 법이지 않습니까?"

"그렇다고 버틴다면 희생만 낳을 텐데?"

"이 주변에는 강유찬 대인과 홍 사부님 등 수많은 고수가 있지 않습니까? 적의 발목만 잡아도 성공이라 생각했습니다."

"오호, 말이 되는군. 그럼 두 번째는 무엇인가?"

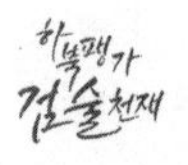

"두 번째는 지금처럼 폭발이 일어났을 때입니다."

"지금 일어난 경천동지할 흔들림이 지진이 아니라 폭발이라고?"

조금 놀라는 모습이었다.

한빈은 장운현 지하 통로의 폭발까지 모두 적에게 뒤집어씌우기로 했다.

"네. 적이 무엇을 노렸는지는 모르겠지만, 장운현 밑의 몇 군데를 폭파시켰습니다. 만약에 마을 사람들을 보호하기 위해 군대가 달려왔다면 어떻게 됐을까요?"

"흠."

강유찬은 턱수염을 쓸어내리며 생각에 잠겼다.

그것도 잠시 그의 눈이 커졌다.

탁자 위에 올려놓은 손이 눈에 보일 정도로 떨린다.

조금 전 일어난 두 번째 폭발을 떠올린 것이다.

떨리던 손이 멈추고 강유찬이 입을 열었다.

"그렇다면, 우리를 보호하기 위해 이 말을 적었다는 말인가?"

"그렇습니다."

뭐, 어쩌다 보니 그들의 발목을 묶은 결과가 되었지만, 이것은 사실이었다.

그때 강유찬이 뭔가 이해가 안 된다는 듯 고개를 갸웃했다.

"우리가 그 쪽지를 보고 마을로 달려갈 수도 있지 않았던가?"

"지금 이렇게 모여서 고민하고 계시지 않습니까?"

한빈은 대답 대신 질문을 던졌다.

순간 강유찬은 주위 군관들을 둘러보며 고개를 끄덕였다.

한빈의 말에 반박할 수 없었던 것이다.

한빈이 준 쪽지를 해석하느라 이렇게 모여 있었으니 말이다.

강유찬의 눈빛이 살짝 떨렸다.

그것도 잠시 그는 한빈의 손을 꼭 잡았다.

"고맙네. 자네는 제갈공명의 현신일세. 내 자네의 지략을 황제 폐하께 보고해 자네를……."

강유찬의 입은 쉴 새 없이 움직였다.

사실 이 모든 것은 강유찬의 본심이었다.

나라에 필요한 건 백 명의 고수가 아니었다.

백 명의 고수를 움직일, 한 명의 지략가가 필요했다.

그 한 명이 백 명의 고수를 천 명처럼 쓸 수도 있고.

백 명의 고수를 열 명처럼 부려 허무하게 전쟁에서 패배하게 만들 수도 있었다.

이것은 나라가 인재를 보는 관점이고, 무림에서 보는 관점과는 조금 달랐다.

지금 강유찬의 눈에는 한빈이 화경의 고수 열 명보다도 소

중해 보였다.

하지만 한빈은 손을 내저었다.

"그러지는 마십시오, 대인."

"아닐세……."

"저는 제갈량이 아닙니다."

한빈이 재빨리 강유찬의 말을 잘랐다.

조금 예의에 어긋나 보여도 낯이 뜨거워 견딜 수 없었기 때문이었다.

거기에 더해 천거라도 한다는 말이 나오면 곤란해진다.

한빈이 있을 곳은 관이 아니라 무림이었다.

반면 강유찬은 살짝 놀란 표정으로 한빈을 바라봤다.

잠시 생각하던 그는, 마치 소가 여물을 되새김질하듯 한빈의 말을 몇 번이고 곱씹었다.

"……."

한빈을 말없이 보던 강유찬이 입을 벌렸다.

제갈량이 아니라고 한 한빈의 말이 뜻하는 걸 알아낸 것이었다.

유비가 제갈공명을 얻기 위해 어떻게 했던가?

그래서 생긴 말이 바로 삼고초려 아니던가?

한빈의 뜻은 분명했다.

황제가 세 번을 찾아와도 결코 뜻을 이루지 못할 것이라는 말이라 생각했다.

물론 이것은 착각이었다.
생각을 정리한 강유찬이 눈을 반짝였다.
"내가 한 말은 잊게."
"네, 알겠습니다."
한빈이 가볍게 고개를 숙이며 뒤돌아서려 할 때였다.
군졸 하나가 황급히 뛰어왔다.
강유찬의 앞에 선 군졸이 예도 갖추지 않고 말했다.
"황제 폐하의 성지입니다."
그 말에 모두가 무릎을 꿇었다.
그러고는 강유찬을 뺀 나머지 장수들은 바닥에 칼을 내려놨다.
오직 강유찬만이 한쪽 무릎을 꿇고는 왼손으로 바닥에 칼을 찍고 있었다.
이는 전쟁 중에 참가한 장군은 절대 칼을 내려놓는 법이 없기 때문이었다.
그것이 성지를 받을 때라도 말이다.
그때 병사가 성지를 읽기 시작했다.
"이번 역병을 정리한 금의위의 수장 강유찬에게……."
성지를 읽어 나가자 모두의 어깨가 들썩였다.
바닥을 향해 있는 그들의 시선이 마구 흔들리기 시작했다.
그만큼 내용이 파격적이었던 것이다.

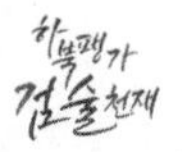

역병이 진압되었다는 말을 듣고는 이번 임무에 참가한 장수들에게 황금과 곡식을 내리기로 한 것이었다.

이것은 대외적인 공표.

황제도 이번 역병이 인위적으로 발생한 것이라는 것을 알고 있기에, 강유찬에게는 별도의 밀지를 내렸다.

밀지를 간단히 요약하면, 역병과 적에 대해서 철저히 함구하라는 내용을 담고 있었다.

그도 그럴 것이, 소문은 소문을 낳기 마련이다.

거기에 더해 이번에 공을 세운 이들에 대한 언질도 있었다.

그날 오후.

이제 하북팽가로 떠나려는 한빈 일행을 강유찬이 잡았다.

"잠시만 기다리게!"

"왜 그러십니까? 대인."

"잠시 시간을 내어 줄 수 있겠는가?"

"네, 그러죠."

"고맙네. 그리고 자네도 따라오게."

강유찬이 마지막으로 가리킨 것은 서재오였다.

막사 안, 강유찬은 커다란 탁자 위에 김이 모락모락 나는 찻잔을 들었다.

입가에 가져간 찻잔 너머로 한빈과 서재오가 보인다.

지금은 한빈에 대한 칭찬으로 강유찬의 입술에 침이 마른 상태.

차로 입술을 적신 강유찬은 시선을 서재오에게 옮겼다.

서재오를 바라보는 강유찬의 눈빛은 한빈을 바라보던 때와는 또 달랐다.

한빈을 바라보는 눈빛에는 인재를 영입하고 싶어 하는 욕심이 들어가 있다면, 서재오를 바라보는 눈빛에는 마치 가족을 바라보는 듯한 애정이 들어가 있었다.

그것은 왜일까?

바로 화산파라는 한 문파로 엮인 인연 때문이다.

어찌 보면 혈연만큼이나 강한 관계.

강유찬이 슬쩍 입꼬리를 올렸다.

"화산파를 빛내 줘서 고맙네, 사질."

뜻밖의 말에 서재오는 아무 말도 못 했다.

한빈을 향해 칭찬을 늘어놓았을 때는 그저 그러려니 하며 들었다.

거기에 더해 강유찬과의 첫 만남이 어땠던가?

매화삼경과 매화 패를 찾기 전까지는 화산파로 돌아가지 말라고 으름장을 놓았던 것이 그였다.

이렇게 막사 안으로 끌고 와서 하는 말이 칭찬일 줄은 전혀 몰랐다.

다소 당황한 표정을 본 강유찬이 말을 이었다.

"여럿이 있는 곳에서 자네를 칭찬하면 팔불출이라는 소리를 들을까 염려해서 이리 오라 했네."

서재오는 그제야 마주 웃을 수 있었다.

"아닙니다, 사숙. 어차피 제가 해야 할 일이었습니다. 백성을 구할 기회가 있는데 본문의 매화검수가 뒤로 물러서는 경우가 있겠습니까? 본문의 가르침에 충실했을 뿐입니다."

"오호, 많이 변했군."

"……."

서재오는 아무 말 없이 강유찬을 바라봤다.

사실 그를 바라보는 건 아니고 잠시 생각에 잠긴 것이었다.

강유찬의 말대로 서재오는 많이 변했다.

다른 때라면 이런 낯간지러운 대답도 못 했을 것이었다.

화산파의 가르침이 아니라 한빈의 영향 때문이었다.

한빈이 얄밉긴 하지만, 묘하게 한빈을 닮아 가는 서재오였다.

장운현에서의 일을 기점으로 얄미운 마음도 희미해졌다.

'백독불침이라…….'

강유찬을 앞에 둔 지금도 서재오의 머릿속에는 한 가지 단어가 맴돌고 있었다.

장자명의 말에 따르면, 그는 이번에 구사일생으로 살아남아 백독불침의 경지에 이르렀다고 한다.

백독불침이라?

말이 좋아 백독불침이지, 화산파에서 백독불침의 경지를 이룬 자가 얼마나 될까?

아마도 열 손가락 안에 꼽을 것이다.

그들마저도 독에 대한 내성이 있는 것이 아닌 내공으로 독을 밀어낼 뿐이었다.

하지만, 자신은 달랐다.

자연스레 독에 대한 내성이 생겨서 내공과는 관계없이 상대의 독수에 대항할 수 있으니까.

이 모든 것이 팽가의 사 공자, 한빈이 준 기연이었다.

그때 강유찬이 상념에 잠긴 서재오를 깨웠다.

"이제 화산파로 돌아갈 텐가?"

"아닙니다. 남은 강호행 기간 동안, 천수장에 남겠습니다."

"천수장에 남겠다고?"

강유찬이 놀란 표정으로 바라보자 서재오가 작게 웃으며 답했다.

"강호를 주유하는 것보다 천수장에 남는 것이 더 많은 경험을 얻을 수 있을 것 같습니다."

"경험이라……."

강유찬은 말끝을 흐리며 옆에 있는 한빈을 바라봤다.

한빈도 고개를 갸웃하는 것을 보니 모르고 있는 것 같았다.

그것도 잠시 강유찬은 조용히 고개를 끄덕였다.

서재오의 말에 일리가 있다고 판단한 것이었다.

묘하게 팽가의 사 공자, 한빈이 가는 곳에는 사건과 사고가 끊이지 않았다.

다행인 것은 모든 일이 올바른 방향으로 잘 마무리된다는 것이었다.

이번 일만 해도 한빈의 제보가 없었다면 장운현뿐 아니라 하북 전체가 들썩였을 것이었다.

이곳이 어떤 곳이던가?

황제가 있는 북경과는 지척이 아니던가?

이곳의 사람들이 죽어 나갔다면?

황궁이 발칵 뒤집힐 것이 뻔했다.

그런 이유로 이곳에 일어난 일은 반역에 준하는 일이라 강유찬은 판단했다.

강유찬은 한빈을 칭찬했다.

"이번에는 기대해도 좋을 걸세."

"기대라니요?"

"이번 일에 대해서는 황제 폐하께서 큰 상을 내릴 걸세."

"폐하의 백성으로 해야 할 일을 했을 뿐입니다."

한빈이 깊이 고개를 숙였다.

물론 입맛을 다시면서 말이다.

고개를 숙인 한빈의 어깨를 강유찬이 가볍게 토닥였다.

고개를 들어 보니, 강유찬은 왼손에는 두 개의 가죽 주머니를 들고 있었다.

그 모습에 한빈이 고개를 갸웃했다.

강유찬은 그럴 줄 알았다는 듯 빙긋 웃으며 가죽 주머니 중 하나를 한빈에게 건넸다.

"이거 받게."

"이게 뭡니까? 대인."

"하북팽가에 도착하면 열어 보게. 단 혼자 있을 때 열어 보기를 부탁하네."

강유찬은 마치 보물이라도 되는 듯 가죽 주머니를 바라봤다.

한빈이 두 손으로 받았다.

"알겠습니다, 대인."

한빈은 건네받은 가죽 주머니를 품속에 넣었다.

강유찬은 한빈에게는 용무가 끝났다는 듯 시선을 서재오에게 건넸다.

시선이 마주친 서재오가 눈을 크게 떴다.

그 모습에 씩 웃은 강유찬은 나머지 주머니를 서재오에게 건넸다.

"자네도 마찬가지일세."

그 말을 마지막으로 한빈과 서재오는 막사에서 빠져나왔다.

아무래도 가죽 주머니를 주기 위해 부른 것 같았다.

막사를 빠져나오던 서재오가 한빈을 바라보며 고개를 갸웃했다.

혹시 가죽 주머니에 든 물건을 아느냐는 눈빛이었다.

시선이 마주친 한빈은 어깨를 으쓱했다.

모른다는 뜻이었다.

적혈맹호대가 있는 곳으로 걸어간 한빈은 바닥에서 뭔가를 발견했다.

"이게 왜 여기에……."

한빈이 주운 것은 이무명이 항상 목에 걸고 있는 나무 목걸이였다.

아무래도 줄이 낡아 바닥에 떨어진 것 같았다.

한빈의 말이 끝나기도 전에 설화가 답했다.

"아까 급하게 자리를 피하면서 떨어뜨렸나 봐요."

"흠, 그런가 보네. 이거 소중한 거라고 끔찍이 여기던데 말이야. 무명이 보면 전해라. 다시는 잃어버리지 말라고."

"네, 공자님."

설화가 목걸이를 품속에 넣었다.

한빈이 모두에게 외쳤다.

"이제 출발!"

삼 일 후.

오랜만에 하북팽가 내 자신의 처소로 돌아온 한빈은 탁자 위에 물건 두 개를 펼쳐 놓았다.

한 개는 강유찬이 준 가죽 주머니에 든 물건이었다.

그것은 조그마한 호패.

전에 받은 붉은색의 만마 패와 모양은 같지만, 그 색이 황금빛이었다.

이것은 황룡 패라 불리는 물건이었다.

황룡 패는 개국 당시 백 개를 만들어서 개국공신들에게 나눠 줬다고 전해지는 물건이다.

한빈은 이 물건의 용도를 알고 있었다.

왕족에 준하는 면책 특권을 누릴 수 있는 보물이었다.

강유찬이 혼자 있을 때 열어 보라고 한 이유를 이제는 알 것 같았다.

"왜 이걸 내게……."

고민도 잠시, 한빈은 씩 웃었다.

권력이라는 것은 크면 클수록 좋은 것이 아니던가?

이것이 바로 한빈이 내린 결론이었다.

다만, 서재오도 같은 물건을 받았는지는 알 수 없었다.

그는 하북팽가로 오지 않고 적혈맹호대와 함께 천수장으

로 갔다.

천수장의 빈객이지, 하북팽가의 빈객이 아니라는 이유에서였다.

한빈은 두 번째 물건으로 시선을 옮겼다.

두 번째도 묘하게 황금색을 띤 물건이었다.

얼핏 보면 손톱만 한 바늘이었다.

그런데, 안력을 돋워 자세히 보면 열쇠 모양이었다.

"황금시(黃金匙)라……."

황금시란, 간단하게 황금 열쇠를 말한다.

한빈은 말끝을 흐렸다.

이것으로 무엇을 열어야 할지 감이 오지 않았기 때문이었다.

이 황금시는 금 구슬 속에서 나온 물건이었다.

이것은 용린검법과 관련이 있는 물건이 분명했다.

문제는 전생의 기억에도 없는 물건이라는 점이었다.

한빈은 황금시를 다시 금 구슬 속에 넣었다.

처음 열 때는 힘들었지만, 이제는 여닫는 것이 가능했다.

한빈이 황금시와 황룡 패를 막 정리했을 때였다.

방문이 열리고 누군가 고개를 빼꼼 내밀었다.

"공자님, 가주님께서 찾으세요."

목소리의 주인공은 설화였다.

한빈은 옆에 있던 보따리를 설화에게 던졌다.

획!

설화가 반사적으로 보따리를 받았다.

"묵직한데요, 공자님?"

설화는 묵직한 보따리가 자신의 성과라도 되는 듯 흐뭇한 표정이다.

설화가 보따리를 보고 있을 때, 한빈은 재빨리 가주전으로 걸어갔다.

한참을 걷던 한빈이 고개를 갸웃했다.

"그런데, 설화 네가 왜 온 거지?"

"철노 아저씨가 많이 아파요."

"흠, 철노가 아프다고?"

한빈은 고개를 갸웃하자 설화가 배시시 웃었다.

"그리 걱정할 일은 아니에요, 공자님."

"걱정하는 게 아니라 신기해서 그렇지. 철노가 아픈 걸 본 일이 없었거든."

"아, 그랬구나. 어쩐지……."

"어쩐지라니?"

"목소리까지 힘이 없는 것이, 많이 아픈 것 같아서요. 원래 평상시에 안 앓던 사람이 한번 아프면 크게 앓잖아요."

"철노가 그렇게 아파?"

"아마 제일 아픈 건 가슴일 거예요."

설화가 자신의 심장을 가리켰다.

그러고는 묻지도 않았는데 재잘재잘 철노의 일을 털어놨다.

"그러니까……."

뭐, 요약하면 철노가 좋아하던 수정이라는 여인이 편지 한 장만 남겨 놓고 떠났다고 했다.

아무래도 그 후유증이 심각한 것 같았다.

모든 얘기를 마친 설화는 한빈을 보며 고개를 갸웃했다.

"공자님은 놀라지 않으시네요?"

"뭐, 다 그러면서 크는 거지."

"누가 보면 공자님이 반로환동한 노인네인 줄 알겠어요."

"하하, 그런가? 그런데 궁금한 게 있는데 말이야."

"뭔데요?"

"수정이 줬다는 편지 내용은 뭐였어?"

"그게……. 조금 이상해요."

"이상하다니?"

"강해져서 돌아오겠다네요."

"헉."

한빈이 입을 떡 벌렸다.

그만큼 편지의 내용은 충격적이었다.

음식점을 하던 여인이 강해져서 돌아오겠다니?

장운현에서 고수들과 검을 겨누던 때보다 더 놀란 한빈이었다.

그 모습에 설화가 웃음을 터뜨렸다.

"헤헤."

"왜 웃어?"

"그렇게 놀란 모습 처음 보는 것 같아서요."

"흠."

한빈은 헛기침하며 앞서 나갔다.

생각해 보니 전생에 철노와 헤어진 것이 이때쯤이던가?

이런저런 생각을 하다 보니 가주전에 도착했다.

과거로 돌아와 처음 발길을 내디뎠을 때와는 전혀 다른 기분에, 한빈은 자신도 모르게 피식하고 웃었다.

가주전으로 들어가니, 각주들이 양옆으로 도열해 있었다.

한빈은 천천히 가주 팽강위 앞으로 걸어갔다.

터벅터벅.

주변에서 쏟아지는 시선이 예사롭지 않았다.

뭐, 못마땅한 시선이 아닌 질투가 섞인 느낌이었다.

한빈은 시선을 모른 척하고 팽강위의 앞에 서서 포권했다.

"지시하신 일을 마치고 무사히 돌아왔습니다."

"간단히 보고하라."

근엄한 말투에 비해 팽강위의 입꼬리는 살짝 올라가 있었다.

한빈과 적혈맹호대의 활약에 대해서는 이미 들었던바.

지금은 그 활약을 모두에게 보여 주기 위한 무대였다.

한빈이 설화를 힐끔 바라봤다.
설화가 들고 있던 보따리를 가져왔다.
한빈은 그 보따리를 바로 팽강위에게 바쳤다.
보따리를 건네받은 팽강위가 물었다.
"이것이 무엇이더냐?"
"장운현에 있는 상인과 문파들에게 받은 계약서입니다. 간단히 말해, 장운현의 삼 분의 이는 우리 가문과 거래하기로 했습니다."
"오호, 삼 분의 이라면, 장운현 상권의 대부분이 아니더냐?"
"네, 맞습니다."
한빈이 고개를 끄덕이자 각주들이 술렁이기 시작했다.
누군가가 눈을 가늘게 뜨고 속삭였다.
"어떻게 된 거야? 그럼 소문이 사실이었던 거야?"
"그러게 말일세. 삼 분의 이면, 사파에 속했던 상인들도 우리와 거래를 하겠다고 했다는 건데……."
"그러게. 그게 말이 되는가?"
"아무리 그래도 이렇게 단시간에 장운현의 민심을 돌이켰다는 게 말이 되는가?"
"사파와 결탁했다는 소문이 있던데……."
"에이, 경을 칠 소리는 하지 말게. 뭐가 아쉬워서 사파와 결탁을 한단 말인가?"

"그러니 소문이지."

아직도 한빈이 못마땅한 듯 몇몇 각주가 웅성거렸다.

그 술렁임을 잠재운 것은 팽강위였다.

팽강위가 내공을 실어 발을 굴렀다.

쿵.

탁자가 흔들릴 정도의 진동.

웅성거리던 이들이 바로 입을 닫았다.

마치 시간이 정지한 듯한 장면.

팽강위가 진지한 눈빛으로 한빈을 바라봤다.

"사파와 네가 관련 있다는 소문은 나도 들었다. 그 일에 대해서는 네가 직접 해명해야 할 듯싶구나."

"원하시면 해명해 드리겠습니다. 하지만 먼저 그 보따리에 든 서류 중 가장 아래에 있는 계약서를 보시는 게 빠를 것 같습니다."

"서류라……."

말끝을 흐린 팽강위는 한빈의 말대로 맨 아래의 종이를 꺼냈다.

계약서를 보던 팽강위의 입술이 실룩이기 시작했다.

한빈이 말한 서류를 모두 읽고 난 팽강위는 기분 좋게 웃음을 터뜨렸다.

"하하하."

그 모습에 모두가 고개를 갸웃했다.

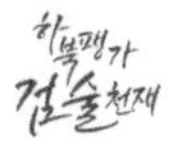

팽강위가 왜 웃는지 아는 이는 아무도 없기에 각주들의 표정은 모두 한결같았다.

팽강위는 옆에 있던 집법당주 팽대위에게 계약서를 넘겼다.

휙.

넘겨받은 팽대위의 눈이 가늘게 떨렸다.

물론 계약서를 읽은 것은 아니었다.

그는 난독증이 있기에, 복잡한 문구가 쓰여 있는 계약서를 보기도 전에 머릿속이 하얗게 변해 버린 것.

그 모습에 한빈이 재빨리 끼어들었다.

서류를 낚아챈 한빈은 각주들을 쓱 둘러보다가 시선을 멈췄다.

그곳에는 정보를 담당하는 주작각의 각주 가기군이 있었다.

한빈은 계약서를 날렸다.

물론 계약서를 날린 수법에는 용린검법의 효용을 담았다.

'백발백중.'

공력도 실리지 않은 종잇장이 가기군을 향해 날아갔다.

이 수법에 주작각주 가기군은 눈을 크게 떴다.

공력을 실어서 날린다고 하면 가능한 일이었다.

하지만, 누가 봐도 공력이 실리지 않은 서류였다.

정확도만 가지고 흐물거리는 종이를 열 걸음 밖에 있는 자에게 날린다라?

이것은 화경의 고수가 와도 할 수 없는 일이다.

정확성과 사물의 성질을 정확하게 파악하고 있어야 가능한 수준.

경지와는 상관없이 어떤 깨달음이 있었다는 의미였다.

한빈이 던진 계약서는 느리지도 빠르지도 않게 가기군의 앞에 날아갔다.

가기군은 조심스럽게 계약서를 낚아챘다.

계약서를 손에 넣은 가기군은 한빈을 바라봤다.

그 시선에는 여러 가지 의미가 있었다.

그중 가장 큰 지분을 차지하는 감정은 놀라움 반 존경심 반이었다.

그만큼 한빈의 수법은 모두를 놀라게 하였다.

가기군은 살짝 고개를 숙인 뒤 계약서를 펼쳤다.

그러고는 천천히 계약서를 보다가 중요한 부분을 읽기 시작했다.

"흑사문은 장운현에서의 모든 권리를……."

가기군이 읽고 있는 것은 흑사문이 한빈에게 써 주었던 계약서였다.

누가 갑이고 누가 을인지가 분명하게 나타나는 계약서에 모두는 입을 떡 벌렸다.

흑사문은 이렇게 숙이고 들어올 문파가 아니었다.

강북 사파 중에서도 악랄하고 비겁하기로는 다섯 손가락

안에 든 문파였다.

그런데 저리 숙인다라?

계약서를 모두 읽은 가기군이 한빈을 다시 바라봤다.

어떤 방법을 썼는지 궁금하다는 표정이었다.

그 시선을 받은 한빈이 나지막한 목소리로 입을 열었다.

"주작각주님께 들은 그대로입니다. 제가 결탁을 해서 저런 약조를 받아 낼 수 있다고 보십니까?"

"……."

한빈의 말에 답하는 이는 없었다.

한빈은 이번만은 확실히 하고 싶었다.

가문 내에서 입지가 문제가 아니었다.

가문 내의 누군가가 자신의 뒤통수를 칠 가능성을 아예 없애기로 한 것이었다.

각주 하나하나를 쏘아보며 한빈이 다시 말을 이었다.

"그럼 제가 사파에게 고개를 숙인 것으로 보이십니까?"

"……."

역시 답하는 이는 없었다.

"제가 팽가의 명예에 누를 끼쳤습니까?"

"……."

"가장 악독하다는 흑사문이 무엇에 굴복했는지 여러분은 아십니까?"

"……."

한빈은 잠시 말을 멈췄다.
그러고는 모두가 생각할 시간을 준다는 듯 주위를 바라봤다.
어떤 각주는 할 말을 잃고 고개를 숙이고 있었다.
한빈은 그들을 향해 걸어갔다.
그들에게 가까이 간 한빈은 낮은 목소리로 말을 이었다.
"저들이 굴복한 것은 제가 아니라 팽가의 힘입니다. 팽가의 힘."
"팽가의 힘이라니, 그게 무슨 말이더냐?"
"가주님, 제 뒤에 팽가가 없었다면 저들이 제게 굴복했겠습니까?"
"……."
"제가 사파와 결탁했다는 의심을 품는 자는 저를 욕하는 것이 아닙니다."
"……."
"그리 말하는 것 자체가 팽가가 사파와 결탁했다고 주장하는 것입니다. 지금 이 시각 이후 그러는 자가 있다면……."
한빈은 살짝 말끝을 흐리며 다시 그들을 향해 한 발짝 앞으로 나갔다.
그러고는 눈 깜짝할 사이에 월아를 뽑았다.
스릉.
동시에 한빈이 외쳤다.

"소가주 후보로서 그들을 절대 용서하지 않겠습니다!"

말을 마친 한빈은 눈 깜짝할 사이에 월아를 다시 검집에 넣었다.

그러고는 뒤를 돌아봤다.

뜻밖의 상황에 가주인 팽강위도 살짝 놀라는 눈치였다.

한빈은 틈을 주지 않고 말을 이었다.

"여기까지가 제 해명입니다."

"……."

팽강위는 아무 말 없이 한빈을 바라봤다.

한빈은 어떤 부끄러움도 없다는 듯 당당히 눈을 빛내고 있었다.

팽강위의 고개가 천천히 움직였다.

좌우가 아닌 아래위로.

한빈의 행동이 타당하다고 생각한다는 의미.

한빈의 행동은 명분에서 조금도 어긋나지 않았다.

해명하라 명한 것은 팽강위.

그에 따라 해명한 것이 한빈이었다.

비록 갑자기 검을 뽑기는 했어도, 자신이 아닌 가문의 위상을 위해 뽑은 것이라 생각했다.

소가주 후보라는 직책에서 어긋난 행동은 아니었다.

팽강위는 힐끔 고개를 돌려 팽대위를 바라봤다.

집법당주인 동생의 의향을 알아보기 위함이었다.

가주 팽강위가 보기에, 집법당주 팽대위는 상황을 가장 냉철하게 바라볼 수 있는 사람이었다.

팽대위는 흐뭇한 표정으로 한빈을 보고 있었다.

사실 팽대위는 계약서를 자신의 손에서 빼앗아 간 한빈이 고마웠다.

거기에 더해 한빈이 자랑스럽기까지 했다.

이렇게 각주들을 휘어잡을 수 있는 소가주 후보가 있었던가?

단연코 한빈이 유일했다.

거기에 적당히 선을 지키는 행동 자체가 힘이 아닌 머리로 상대를 누르는 모습이었다.

팽대위와 팽강위의 눈빛이 마주쳤다.

그러던 중 팽강위는 자신도 모르게 웃음을 터뜨렸다.

"하하하!"

팽강위의 진득한 웃음이 가주전에 울렸다.

순간 긴장감이 화롯불 옆의 눈덩이처럼 스르륵 녹았다.

하지만, 각주들은 자신들도 모르게 헛기침을 했다.

팽강위의 웃음에 긴장의 끈을 놓았지만, 한빈이 매의 눈을 하고 그들을 바라보고 있었기 때문이다.

한빈은 무표정한 얼굴로 각주들의 표정을 살폈다.

마치 자신과 가주의 뜻에 반하는 자를 찾겠다는 표정이었다.

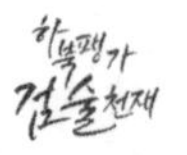

눈빛이 어찌나 날카로운지, 한빈을 관찰하던 각주들이 조금씩 시선을 돌리기 시작했다.

그 모습에 한빈이 속으로 웃었다.

고개를 안 돌리고 자신의 눈을 마주하는 자만이 믿을 수 있는 이들이었다.

그들은 최소한 뒤통수는 안 칠 터이니 말이다.

사실 한빈과 적혈맹호대의 활약상을 모두 털어놓는다면 모두 할 말이 없을 테지만, 그중 일부분은 비밀로 하기로 강유찬과 약속한바.

대부분의 활약상은 깊은 곳에 묻힌 상태였다.

그런 이유로 사파와 결탁했다는 헛소문을 이런 식으로 잠재울 수밖에는 없었다.

뭐, 아직까지는 수긍하는 눈빛이 아니었다.

그들은 한빈을 굴러 들어온 돌로 보고 있었다.

더욱이 이 공자에게 한 발 걸쳐 놓았던 그들에게, 한빈은 아직 눈엣가시였다.

한빈에게 묻은 먼지가 더욱 커 보일 수밖에 없었다.

"아무래도 도(刀)가 아니라 검(劍)을 쓰는 소가주는 조금……."

그들은 한빈에게 다른 약점을 찾기 시작했다.

"그렇지, 혼원벽력도를 펼치지 못하는 가주가 있을 수 있던가?"

"오호단문도와 혼원벽력도를 비롯한 팽가의 수많은 절기가 사라질 걸세."

몇몇 각주들은 새로운 먹잇감을 발견한 듯 다시 침을 튀기며 논란을 만들기 시작했다.

그때였다.

누군가 한빈의 옆으로 걸어 나왔다.

근육이 옷 밖으로 튀어나올 것 같은 거구의 근육질 사내.

그는 다름 아닌 대공자 팽혁빈이었다.

팽혁빈이 거도로 바닥을 찍었다.

쿵.

내공을 실어서 찍은 거도는 마치 지진이라도 난 듯 바닥을 흔들어 놨다.

가주전에 침묵이 맴돌자, 팽혁빈은 가주들을 하나하나 바라봤다.

모두와 시선을 나눈 팽혁빈이 나지막한 목소리로 말했다.

"검이냐 도냐 하는 문제는 이미 논쟁이 끝난 이야기가 아닙니까?"

"……."

"제가 없을 때 바로 이 자리에서 막내와 비무로 결정했다고 들었습니다만……. 제가 잘못 들었던 겁니까?"

"그게……."

누군가가 한 발 앞으로 나와 팽혁빈의 말에 끼어들려 했다.

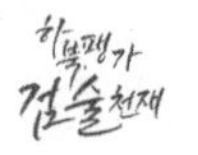

팽혁빈은 손바닥을 내보이며 다시 말을 이었다.

"제가 이런 이야기를 누구에게 들었는지 아십니까? 다름 아닌 가주님과 집법당주님입니다. 그런데도 아직도 같은 논쟁을 끄집어내시는 걸 보니 다들 한가하신가 봅니다. 그리고……."

팽혁빈은 힐끔 고개를 돌려 가주 팽강위를 바라봤다.

팽강위는 계속하라는 듯 고개를 끄덕였다.

사실 팽혁빈이 이렇게 나설 수 있었던 것은 팽강위의 허락이 있었기 때문이었다.

팽혁빈은 다시 한번 계속해도 되는가를 물었던 것.

가주 팽강위의 허락에, 팽혁빈의 목소리에 힘이 들어갔다.

"저희 가문에 한가한 무인은 필요 없습니다. 제가 할 말은 여기까지입니다."

팽혁빈의 말이 끝나자 모두가 눈을 동그랗게 떴다.

현재 하북팽가의 소가주 후보는 둘.

그런데 한빈의 경쟁자인 대공자가 이런 식으로 나오자, 모두 어찌해야 할지 몰랐다.

고요한 눈으로 한빈과 대공자 팽혁빈을 번갈아 보는 이도 있었다.

하지만 대부분은 둘 사이에서 갈피를 못 잡은 듯 초점이 흔들리고 있었다.

이 공자가 빠지고 자신들이 밀어야 할 소가주 후보인 대공자 팽혁빈에게 한 방 먹자, 어쩔 줄 모르는 것이었다.

사실, 당황한 것은 한빈도 마찬가지였다.

전생에는 형제애라는 것을 느낄 틈도 없었다.

대공자 팽혁빈과는 거의 마주칠 일도 없었다.

팽혁빈과 마주한 후, 그가 다른 형제들과는 다르다는 것은 이미 알았다.

하지만, 팽혁빈이 자신의 이익도 모두 버린 채 이렇게 나올 줄은 몰랐다.

한빈이 나지막이 말했다.

"이게 형제인가……."

한빈의 혼잣말에 옆에 있던 팽혁빈이 물었다.

"지금 뭐라 했느냐?"

"아무것도 아닙니다, 형님."

한빈은 형님이라는 말에 유난히 힘을 주었다.

그때였다.

무사 하나가 다급하게 가주전으로 뛰어왔다.

타다닥.

가주전으로 들어온 무사는 주변의 시선에는 아랑곳하지 않고 가주 팽강위 쪽으로 달려갔다.

누가 보면 전쟁이라도 터진 것 같은 착각이 들 정도였다.

팽강위 앞에 선 무사는 숨을 몰아쉬었다.

"헉헉, 지금 정주섭 대인이 성지를 가지고 도착했습니다."

"……."

"지금 오고 있습니다. 그러니 어서 준비하셔야……."

무사의 설명에 각주들은 서로 눈치를 봤다.

"성지라니, 그게 무슨 말이야?"

"혹시……."

"혹시라니 무슨 말을 하고 싶은 것인가?"

"사 공자가 사고를 친 게 아닌가 싶어서."

순간 모두의 시선이 한빈에게 몰렸다.

모두의 시선을 받은 한빈은 팔짱을 낀 채 가주전 밖을 바라봤다.

그러고는 작게 말했다.

"올 게 왔군."

한빈의 입꼬리가 살짝 올라갔다.

이미 강유찬에게 들었던 이야기였다.

장운현에서 일어난 일에 대한 비밀을 지키는 대신, 강유찬은 한빈에게 보상을 하기로 했다.

가주 팽강위가 모두에게 외쳤다.

"모두 성지를 받들 준비를 하여라!"

그 말과 동시에 각주들이 분주히 움직이기 시작했다.

이제는 한빈에 대한 의심도, 팽혁빈에 대한 서운함도 느낄 틈이 없었다.

타다닥. 타다닥.

무사들의 발걸음이 가주전에 울렸다.

잠시 후.

하북성의 고위 관료인 정주섭이 수많은 병사와 함께 가주전으로 들어왔다.

정주섭이 팽강위를 향해 외쳤다.

"황제의 성지를 받드시오!"

순간 팽강위가 무릎을 꿇었다.

"황제 폐하의 성지를 받들겠습니다. 만세, 만세……."

동시에 하북팽가의 다른 이들도 무릎을 꿇었다.

정주섭은 금빛 두루마리를 펼쳐 들었다.

"하북팽가의 팽한빈은……."

정주섭이 성지를 읽어 나가자 고개 숙인 각주들의 표정이 시시각각 변해 갔다.

말이 하북팽가에 내리는 상이지, 성지가 일컫는 이는 바로 한빈이었기 때문이다.

수많은 군사를 이끌고 와서 내리는 황제의 상이라?

그들 중 이런 상황을 예상한 이는 없었다.

사실, 한빈이 이런 상을 받는 것은 두 번째였다.

첫 번째 행사는 천수장에서 이루어졌다.

또한 그것은 하북팽가가 아닌 한빈 한 명에게 내려진 상이었다.

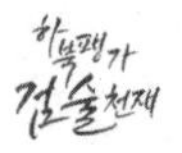

하지만 지금은 한빈의 공으로 인해, 하북팽가 전체가 상을 하사받는 모양새였다.

성지를 다 읽은 정주섭이 신호를 보냈다.

동시에 병사 하나가 무엇인가를 조심스럽게 들고 왔다.

정주섭이 턱짓하자 병사는 상자를 열었다.

순간 모두의 눈이 커졌다.

그날 오후 가주전.

가주 팽강위는 한빈과 마주하고 있었다.

그도 막내 한빈의 활약상에 대해서 대략적으로만 알고 있는 상황이었다.

오늘은 한빈과 깊은 대화를 하고 싶었기에, 팽강위의 앞에는 찻잔 대신 술잔이 놓여 있었다.

술잔에서 나는 그윽한 주향이 주변으로 풍겨 나갔다.

달콤한 술 향기에 주변에 벌과 나비가 날아들 정도.

그 앞에 놓여 있는 술은 가주 팽강위가 가장 아낀다는 모향주(募香酒)였다.

모향주는 하북의 명주 중 하나.

잘 빚은 모향주는 십 리 밖의 벌들도 불러들인다는 이야기가 있었다.

그 정도는 아니지만, 지금 가주전 밖에 몇 마리의 벌들이 날아들 정도이니 거짓은 아니었다.

진득한 웃음을 피운 팽강위가 술잔을 들었다.

알싸한 화주가 그의 입술을 적혔다.

하지만 팽강위에게는 기별도 가지 않는 상황.

팽강위가 그윽한 웃음을 지으며 말했다.

"너도 들어라."

"감사합니다, 가주님."

"흠."

팽강위가 못마땅한 듯 한빈을 바라봤다.

그 모습에 한빈이 물었다.

"왜 그러십니까? 가주님."

"둘이 있는 자리다."

"네, 알고 있습니다."

"그런데도 가주님이라 불러야겠느냐?"

"아, 죄송합니다. 아버님."

한빈이 미안한 표정으로 고개를 숙이자, 팽강위가 슬그머니 입꼬리를 올리며 술잔을 들었다.

"좋구나, 좋아."

"……."

"이렇게 편하게 아비라 부르니 얼마나 좋으냐? 앞으로는 편하게 부르거라. 모두가 있는 자리에서도 말이다."

"알겠습니다, 아버님."

"오늘 황제 폐하께서 내린 선물을 보니, 아무래도 내가 모르는 활약이 있었던 것 같구나."

"별일은 아닙니다. 아무래도 강유찬 대인이 잘 얘기해 주신 듯싶습니다."

"그것만으로 황제 폐하께서 저런 검을 하사하시지는……."

팽강위가 가주전 벽에 걸린 검을 가리키며 말끝을 흐렸다.

검을 보는 그의 눈에 살짝 습기가 차올랐다.

한빈도 그 검을 보고는 고개를 끄덕였다.

흔히 상방보검이라 불리는 검.

개국공신들에게 나눠 줬다는 황제의 신물이었다.

강북에서 저 검을 하사받은 가문은 딱 한 곳이었다.

바로 산서의 신창양가라 불리는 양가장.

대대로 충신을 배출한 가문인 양가장만이 상방보검을 받았을 뿐.

다른 무가와 관은 철저히 선을 그은 상태.

그런데 또 하나의 상방보검이 무가로 내려온 것이다.

다시 말해, 강북 무림만 놓고 본다면 이는 대단한 사건이라 볼 수 있었다.

상방보검이 뜻하는 것은 무엇일까?

상방보검은 신하와 백성이 사용하는 검은 아니었다.

이것을 하사했다는 것은, 간신을 척살할 수 있는 권한을 주었다는 의미였다.

한 가문에 간신을 척살할 수 있는 권한을 줬다라?

즉, 황제의 신임을 뜻한다.

현재 황제가 인정한 문파는 소림과 화산 그리고 무당이 유일하다.

그리고 가문으로는 강북의 양가장과 강남의 제갈세가.

이제 하북팽가까지 포함되었으니, 상방보검을 하사받은 가문은 세 곳으로 늘어난 것이었다.

물론 저 검이 권력을 뜻하는 것은 아니었다.

다만, 가문의 위세를 뜻하는 상징적인 의미.

그 상징적인 의미에 팽강위의 가슴은 아직도 요동치고 있었다.

흐뭇한 눈길로 한빈과 상방보검을 번갈아 보던 가주 팽강위가 물었다.

"무엇을 원하느냐?"

"무슨 말씀입니까?"

"가문을 빛냈으면 응당 상을 받아야 하는 법이다. 무엇을 원하는지 말해 보아라."

"……."

한빈은 말없이 팽강위를 바라봤다.

어떤 보상을 받아야 할지 몰라서였다.

겉으로 드러내지는 않았지만, 한빈은 금전적으로 부족한

것이 없었다.

'무엇을 요구해야지 잘 받았다는 소리를 들을까?'

그러나 고민은 길지 않았다.

눈을 빛내던 한빈이 입을 열었다.

"혼원벽력도를 가르쳐 주십시오."

"혼원벽력도를 배우고 싶다는 말이냐?"

팽강위의 눈이 커졌다.

한빈은 팽강위의 눈빛을 담담히 받았다.

"네, 맞습니다."

"……."

팽강위는 답하지 않고 한빈의 눈을 바라봤다.

진심인지를 파악하기 위함이었다. 한빈의 눈빛은 조금도 흔들리지 않았다.

그것도 잠시, 팽강위의 입에서 작은 침음이 흘러나왔다.

"흠."

그는 한빈이 혼원벽력도를 요구할 줄 몰랐던 것이다.

소가주 후보라면 응당 가르쳐 주어야 할 도법이 혼원벽력도였다.

하지만 여기에는 문제가 두 가지 있었다.

흘러나오던 침음을 지운 팽강위가 말했다.

"한빈아, 현재 가문에 전해져 내려오는 혼원벽력도에 대해서 아는 바가 있느냐?"

"……."

한빈은 아무 말 없이 팽강위를 바라봤다.

알고 있긴 했다.

하지만 안다고 표시할 수는 없었다.

일단 조용히 듣고 있는 것이 최고의 선택이었다.

한빈의 표정을 본 팽강위는 그럴 줄 알았다는 듯 고개를 끄덕였다.

"그렇지, 그건 모르겠지. 그럼 지금부터 내가 하는 말을 새겨듣거라."

"네, 경청하겠습니다."

"내가 말하고 싶은 것은 두 가지이다. 첫 번째는 팽가의 기본 도법도 익히지 않은 네가 과연 상승 도법을 익힐 수 있냐는 문제이다. 네가 어떤 스승을 만나 검법을 전수받았는지는 이제까지 묻지 않았다. 그것은 내가, 가문이 가르쳐 준 검술이 아니기 때문이다. 하지만 가문의 절기를 가르쳐 달라고 하니, 네 검술의 기본을 물어봐야겠구나."

"……."

한빈은 말없이 가주 팽강위를 바라봤다.

팽강위의 말은 이치에 맞았다.

가문의 무공을 가르쳐 주려면 한빈의 무공에 어떤 근본이 깔려 있는지를 알아야 할 터였다.

이해는 하지만, 솔직히 용린을 먹고 세월을 거슬러 왔다고는 할 수 없는 일.

한빈은 차분하게 이야기를 시작했다.

지금부터 할 이야기는 이럴 때를 대비해서 미리 짜 놓은 것이었다.

"제가 처음 검법을 배운 것은 지나가던 어떤 고인에게서입니다. 그 고인은 제게 말씀하셨습니다……."

한빈은 살짝 말끝을 흐리며 팽강위의 눈치를 봤다.

팽강위가 흥미가 동한 듯 상체를 기울이고 있었다.

그 모습에 한빈은 재빨리 말을 이었다.

"그 노인이 가르쳐 준 것은 기본적인 검술이었습니다. 중요한 것은……."

한빈은 쉴 틈 없이 말을 이었다.

팽강위가 술병을 다 비울 동안, 한빈은 말을 멈추지 않았다.

팽강위의 옆에 술병이 점점 쌓여 갔다.

그에게 한빈의 입담은 훌륭한 안줏거리였다.

한빈은 그의 기대에 부응하듯 쉴 틈 없이 설명을 쏟아 냈다.

급기야는 팽강위가 입을 벌렸다.

한빈의 설명은 생각보다 세세했지만, 요약하자면 간단했다.

어떤 노인이 검법을 가르쳐 주고 나머지는 세상에 나가 배우라고 길을 열어 줬다는 것이었다.

홍칠개를 사부로 모신 이야기도 털어놨다.

한빈은 지금 공손수에게 무영수를 배운 이야기를 늘어놓고 있었다.

어찌 보면 진실과 거짓이 교묘하게 섞인 이야기.

뭐, 한빈도 거짓을 섞으려 해서 섞는 것은 아니었다.

오늘 팽강위와 팽혁빈이 보여 준 모습으로 인해 한빈도 마음을 연 상태.

가족에게는 최대한 진심을 보여 주고 싶었다.

그리고 이제까지 못 했던 말들…….

그 말들이 봇물 터지듯 쏟아져 나오는 것이다.

드디어 한빈이 말을 멈추고 술잔을 들었다.

입술을 축인 한빈이 목소리에 힘을 실었다.

"제 이야기는 여기까지입니다."

"이야기는 잘 들었다. 네가 말한 기연에는 팽가의 무공은 전혀 섞이지 않았구나."

"네, 맞습니다."

"그럼 이렇게 하자꾸나."

"어떻게 말입니까?"

"혼원벽력도를 익히기 위해서는 세 가지 무공을 먼저 익혀야 한다."

"혼원보(混元步)는 당연할 것이고, 나머지 두 가지 무공은 어떤 것입니까?"

"혼원장(混元掌)과 오호단문도(五虎斷門刀)다."

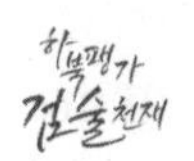

"혼원보와 혼원장, 오호단문도를 익히면 혼원벽력도를 배울 수 있습니까?"

"혼원보 하나를 익히는 데 얼마나 걸릴 것 같으냐?"

"칼을 쥐는 법은 한나절이요, 걸음마는 일 년이라는 속담이 있지 않습니까? 만만하게 생각하지는 않습니다."

"첫째 혁빈이가 혼원보를 익히는 데 걸렸던 시간이 오 년이요, 혼원장을 익히는 데에는 일 년이 걸렸다. 그리고 오호단문도를 익히는 데 걸린 시간은 반나절이었다. 네가 혼원보를 다 익힐 때쯤이면 나머지 두 무공도 몸에 배어 있겠지. 그렇지 않느냐?"

"그럼 세 가지 무공을 익힌 후 아버님을 찾아오면 되는 겁니까?"

"흠."

"왜 그러십니까?"

"이쯤 해서 내가 해 둘 이야기가 하나 있구나."

"그것이 무엇입니까?"

"내가 가르쳐 줄 혼원벽력도는 반쪽짜리다."

"아, 그렇군요."

"왠지 놀란 표정이 아니구나."

"아니, 충분히 놀랐습니다. 그런데 왜 반쪽이라고 하십니까?"

"그것은 후반부가 사라졌기 때문이다."

"그런 사정이 있었군요. 알려 주셔서 감사합니다."

"무슨 일이 있었는지 궁금하지 않으냐?"

"저는 현재의 혼원벽력도면 충분합니다."

"알았다. 내가 말한 세 가지 무공을 익히고 나면, 언제든 반쪽짜리 혼원벽력도를 가르쳐 주마."

말을 마친 팽강위는 활짝 열린 창밖을 바라봤다.

오늘따라 구름이 달빛을 가린 것이, 팽강위의 마음을 대변해 주는 것만 같았다.

한빈은 조용히 가주전을 나왔다.

가주전을 나오기 전, 한빈은 맹호 비고에 출입할 수 있는 권한을 얻었다.

한빈이 원한 것은 아니었다.

혼원장을 비롯한 세 가지 무공을 자유롭게 익히라는 팽강위의 배려였다.

이번에는 오 층까지의 모든 권한을 받았다.

가주전에서 나온 한빈은 조용히 하늘을 올려다봤다.

한빈은 팽강위와는 다르게 얼핏 비친 달빛을 바라보고 있었다.

구름이 언제까지 달빛을 가릴 수는 없는 법이었다.

바람이 불면 구름도 걷히는 법이 아니던가.

혼원벽력도를 전수받기 원한 것은, 자신의 욕심 때문만은 아니었다.

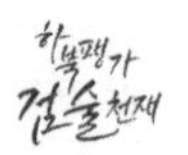

이제 적혈맹호대뿐 아니라 하북팽가 전체의 전력에도 신경 써야 할 때라 생각한 것이다.

혼원벽력도가 반쪽짜리가 된 것은 한빈도 알고 있는 사실이었다.

이것은 전생의 기억.

전생의 기억으로는 많은 세가들이 가문의 비기를 잃었었다.

하지만, 한빈이 과거로 돌아오며 그중 몇 가지 역사는 바뀌었다.

하남정가에 파혼검을 찾아 주었고, 공손세가에 잃어버린 무공인 무영수를 찾아 주었다.

하북팽가의 혼원벽력도 반쪽도, 잘하면 찾을 수 있지 않을까?

이것은 당연한 생각이었다.

그동안은 필요 없었던 것이었지만, 이제는 필요해졌으니 반쪽을 찾기 위해 노력할 생각이었다.

잃어버린 반쪽을 찾으려면 남은 반쪽이 무엇인지를 아는 것이 먼저였다.

가주전을 나와서 맹호 비고로 향하던 한빈은 고개를 갸웃했다.

앞에서 친근한 기척을 느꼈기 때문이다.

한빈이 앞쪽을 향해 외쳤다.

"형님, 그만 나오시죠!"

"허허, 눈치챘구나."

장난스럽게 상의를 툭툭 털며 걸어오는 팽혁빈.

왠지 오늘따라 즐거운 표정이었다.

그 모습에 한빈은 고개를 갸웃했다.

"무슨 좋은 일이라도 있으십니까? 형님."

"사실 아까 아버님과 나눈 대화를 다 들었다."

팽혁빈의 말에 한빈이 고개를 끄덕였다.

사실 팽혁빈이 엿듣고 있던 것은 미리 알고 있었다.

하지만 나쁜 의도가 아닌 순수한 호기심이라는 것을 알고 있었기에, 모르는 척 대화를 한 것이었다.

사실, 팽강위에게 한 말은 팽혁빈도 들어야 할 이야기였다.

그 이야기는 가주에게 한 이야기가 아닌, 가족에게 한 이야기였기 때문이다.

한빈이 어색하게 웃으며 말을 이었다.

"제가 떼를 쓰는 것도 보셨겠군요."

"떼라니, 당치 않다. 소가주 후보가 되었으니 혼원벽력도를 요구하는 것도 당연한 게지."

"그렇게 생각해 주시니 고맙습니다."

"그런데 말이다……."

살짝 말끝을 흐리는 팽혁빈을 본 한빈은 고개를 갸웃했다.

"왜 그러십니까? 편히 말씀하시지요."

"내가 가르쳐 주면 안 될까?"

"가르쳐 주다니요?"

"혼원벽력도를 배우기 전에 익혀야 하는 세 가지 무공 말이다."

"그 말씀을 하시려고 기다리신 겁니까?"

"하하, 내가 해 줄 것이 그거 말고는 없더구나."

팽혁빈은 뒷머리를 긁적이며 어색하게 웃었다.

그 모습에 한빈도 마주 웃었다.

"하하, 형님이 가르쳐 주신다면 저는 좋습니다. 언제부터 할까요?"

"준비되면 찾아오너라."

"지금부터 어떻습니까?"

"그것도 좋지. 일단 자리를 옮기자."

팽혁빈이 앞장섰다.

그 뒤를 한빈이 천천히 쫓았다.

두 사내를 달빛이 비췄다.

기울어진 달만큼 그림자도 유난히 길어 보였다.

달을 가리고 있던 구름이 걷힌 것이다.

팽혁빈을 따라가던 한빈은 생각했다.
진짜 선물은 황제가 내린 신물이 아닐지도 모른다고.
어쩌면 최고의 선물은 가족일지도 몰랐다.

잠시 후, 연무장 주변에 풀잎 밟는 소리가 울려 퍼졌다.
사사—삭. 사사—삭.
한빈은 지금 혼원보를 시전하고 있었다.
그를 바라보는 팽혁빈은 눈을 가늘게 뜨고 있었다.
막내 한빈의 경공에 놀란 것이다.
하지만, 한편으로는 걱정되는 바가 있었다.
한빈의 보법은 자리가 잡혀 있었다.
문제는 혼원보를 가르쳐 주었는데도 방향이나 간격은 맞지만, 그 안에 내포한 성격이 다르다는 것이다.
한참을 보던 팽혁빈이 손뼉을 쳤다.
짝짝!
동시에 한빈은 펼치던 혼원보를 멈췄다.
"왜 그러십니까?"
"아무래도 오늘은 이쯤 해야겠구나."
"그만하다니요?"
"네 혼원보에는 치명적인 문제가 있다."

"치명적인 문제라면……."

"네 보법에는 운치가 있다. 마치 신선이 구름을 타고 걷는 듯한 착각마저 드는구나."

"……."

"그런데, 혼원보의 성격은 중(重)이다. 네가 펼치는 보법은 경(輕)을 중시하는구나."

"일리 있는 말씀입니다. 그럼 이렇게 하면 어떻겠습니까?"

말을 마친 한빈은 내공을 실어 혼원보를 펼치기 시작했다.

탁. 탁.

한빈은 청강석으로 된 연무장에 발자국이 찍힐 듯 보법을 펼쳤다.

팽혁빈이 다시 손뼉을 쳤다.

짝짝!

한빈이 걸음을 멈추고 팽혁빈을 바라봤다.

팽혁빈은 빙긋 웃으며 한빈에게 다가왔다.

그러고는 어깨를 토닥였다.

"인위적인 무거움이 아니라 자연스러운 무거움이 핵심이다. 그런데 너와 내가 착각하는 것이 하나가 있구나."

"그것이 무엇인가요?"

"네가 혼원보를 막 익히기 시작했다는 것이다."

"아."

"아버님이 말씀해 주셨듯, 혼원보를 익히는 데 걸리는 시간은 오 년. 아무리 기재라도 삼 년 안에 익힌 적은 없다. 그러니 너무 무리하지 말아라."

"네, 알겠습니다."

"그럼 이만……."

팽혁빈은 말끝을 흐렸다.

그러고는 잠시 머뭇거렸다.

"왜 그러십니까?"

"갑자기 네 솜씨가 궁금해져서 그러는데……."

"……."

"아무래도 지금 비무를 하자고 하는 것은 무리겠지……."

뒷머리를 긁적이는 팽혁빈.

한빈은 그 모습에 웃었다.

팽혁빈이 걱정될 뿐이지, 자신은 조금도 피곤하지 않았다.

뭐, 얼마 전이라면 처소로 돌아가 곯아떨어져야 정상일 것이다.

하지만 지금은 심화편을 개화한 상태.

운기를 하지 않더라도 피부가 대지의 기운을 받아들이고 탁기를 내뿜는 상태였다.

그 양이 미미하지만, 쉬지 않고 운기한 덕분인지 웬만한 움직임으로는 피로가 쌓이지 않는 상태였다.

한빈은 기분 좋게 연무장 옆에 놓인 수련용 목검을 잡았다.

형제간의 사심 없는 비무라?

한빈의 가슴도 뛰기 시작했다.

쿵. 쿵.

한빈은 피식 웃었다.

이렇게 비무를 즐긴다는 것은 팽가의 피가 흐른다는 증거이기 때문이다.

탁. 탁.

수련용 목검과 목도가 달빛이 흐르는 연무장을 수놓았다.

강 건너 불구경

탁, 탁.

고즈넉한 절간에 목탁 소리처럼.

한빈의 검과 팽혁빈의 도가 고요했던 팽가의 밤을 깨웠다.

그 소리는 제법 긴 시간 동안 이어졌다.

달은 점점 기우는 데 반해, 그들이 내는 소리는 점점 강렬해졌다.

이제까지는 간 보기였고 지금부터 본론이라는 듯, 한빈과 팽혁빈은 서로를 바라봤다.

하지만 치열함은 없었다.

마치 다도를 즐기듯 그들은 우아하게 비무를 즐기고 있는 것이었다.

그렇다고 서로 봐주는 것은 아니었다.

초식만을 써서 응대하되 기세는 있는 대로 피워 냈다.

둘의 기세가 연무장을 장악할 때쯤.

한빈은 팽혁빈의 눈을 바라봤다.

그는 진짜 이 비무를 즐기고 있었다.

그 와중에도 혼원보를 알려 주려는 듯 가끔 한빈의 발걸음을 확인하고 있었다.

그 모습을 바라보던 한빈은 고개를 갸웃했다.

이 정도의 여유라면 집법당주 팽대위보다 아래가 아니었다.

가문에서 축출된 이 공자와는 비교할 수 없이 뛰어난 무위.

한빈은 지금 그의 무위가 이해가 되지 않았다.

전생에 팽혁빈에 대한 기억이 흐릿한 것은 한 가지 이유였다.

팽혁빈은 전생에 한빈이 가출을 한 후 한 번도 마주한 적이 없는 인물.

죽었는지 살았는지조차 불투명한 사람이었다.

하지만, 지금의 기세를 보면 전생의 상황이 이해가 안 되었다.

낭중지추라는 말이었다.

주머니 속의 송곳은 튀어나오기 마련.

하북이 아니라 강호 전체라는 주머니를 놓고 봐도, 팽혁빈은 송곳이 맞았다.

그런데 이런 사람이 전생에 두각을 드러내지 못했다고?

의문이 생길 틈도 없이 팽혁빈의 칼이 허공을 갈랐다.

한빈이 재빨리 그의 칼을 흘려보냈다.

탁. 탁.

이번에는 한빈이 그의 어깨를 노리고 목검을 찔렀다.

탁.

팽혁빈이 한빈의 검을 막았다.

그것이 시작이었다.

둘의 동작이 빨라졌다.

속도뿐이 아니었다.

목검과 목도가 내는 소리가 점점 커졌다.

마치 목탁을 두드리며 불경을 외는 스님처럼 무아지경에서 목도를 휘두르고 있었다.

그때였다. 한빈의 눈이 커졌다.

팽혁빈의 몸 곳곳에 구결을 나타내는 점이 보였기 때문이다.

그냥 점이 아니라 진청색의 점이 팽혁빈의 몸에서 일렁거렸다.

한빈의 경험상, 진청색의 점은 화경 이상에서만 볼 수 있었다.

즉 구결을 나타내는 점으로 유추해 보면 팽혁빈은 화경의 경지에 발을 들여놨다는 이야기였다.

지금 팽혁빈의 나이에 화경이라?

후기지수 중에 그를 따라올 자는 강북에는 없다는 의미였다.

물론 한빈, 자신을 제외한다면.

한빈은 형의 무공에 대해서 더 알아봐야겠다는 생각이 들었다.

한빈이 팽혁빈을 향해 외쳤다.

"형님, 조심하십시오! 이제부터 전력을 다하겠습니다!"

이것은 진심은 아니었다.

순수하게 속도만으로 승부를 볼 것이었다.

상대인 팽혁빈도 내공을 쓰지 않고 초식을 펼치고 있으니까.

휙!

한빈의 검이 어둠을 가르고 달려갔다.

팽혁빈의 도가 단단한 벽이 되어 검을 막아섰다.

탁.

검과 도가 맞닿은 상태.

둘의 얼굴도 가까워졌다.

이마에 흐르는 땀방울이 주먹만 하게 보일 정도로 가까워진 둘.

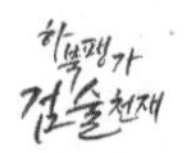

팽혁빈은 눈썹을 반달 모양으로 치켜올리며 답했다.

"좋지, 나도 최선을 다하마."

순간 둘의 움직임이 어둠 속에서 자취를 감추었다.

둘의 보법은 극명하게 엇갈렸다.

팽혁빈은 혼원보를 펼치며 연무장을 누볐고,

한빈은 몸에 익은 구걸십팔보로 대응했다.

둘의 비무는 새벽이 되어서야 끝이 났다.

빡!

둘의 수련용 독검과 목도가 동시에 부러졌다.

우지끈.

서로 손잡이만 남은 상태에서 숨을 고르고 있었다.

"헉, 헉."

"휴우……."

한숨을 들이켜던 팽혁빈이 말했다.

"놀랍구나."

"저는 형님의 도법이 더욱 놀랍습니다. 그 정도면……. 집법당주님보다 한 수 위가 아닙니까?"

"아니다. 그런 얘기는 하지 말아라. 내 도법에는 치명적인 약점이……."

팽혁빈은 말을 잇지 못했다.
기분 좋게 올라갔던 눈썹이 갑자기 꿈틀댔다.
심호흡을 한 팽혁빈이 다급하게 말했다.
"오늘 고생 많았다. 오늘 오후에 다시 보자꾸나, 동생아."
"감사합니다. 오후에 이곳에서 기다리고 있겠습니다, 형님."
한빈이 가볍게 포권하자 팽혁빈은 손을 흔들었다.
순간 가벼운 기침 소리가 등을 돌린 팽혁빈에게 흘러나왔다.
"쿨럭."
한빈이 그를 불렀다.
"형님, 괜찮……."
한빈은 말을 끊고 조용히 팽혁빈의 뒷모습을 바라봤다.
팽혁빈에게 흘러나오는 혈향을 감지했기 때문이었다.
지금 기침으로 피를 토한 것이 분명했다.
화경의 고수가 내공도 쓰지 않은 상태에서 토혈한다고?
한빈은 멀어져 가는 팽혁빈을 보며 고개를 갸웃했다.
뭔가 숨기고 있는 것이 분명했다.
그것도 잠시, 한빈은 허공을 바라봤다.
조금 전 비무에서 얻은 구결을 확인하기 위함이었다.

[용안(龍眼)으로 구결을 확인합니다.]

[인급(人級) 구결 부(夫)를 획득하셨습니다.]

[인급 - 부(夫)]

한빈은 팽혁빈과의 비무에서 구결 하나를 얻었다.

하나밖에 못 얻은 이유는 중간에 진청색 점이 사라졌기 때문이었다.

한빈은 팔짱을 끼고 천천히 맹호 비고로 향했다.

밤새도록 비무를 벌였지만, 피곤하긴커녕 몸이 훨훨 날아갈 것만 같았다.

일신우일신라는 연계심법의 효과인 것 같았다.

숨만 쉬어도 하루가 새롭다는 설명답게, 하루 정도는 취침을 안 해도 거뜬했다.

맹호 비고 근처까지 간 한빈은 뭔가 생각난 듯 주위를 둘러봤다.

역시 새벽이라서 그런지 주변에는 아무도 없었다.

가문 내를 순찰하는 무사들만이 한빈을 보고 인사를 건넬 뿐이었다.

한빈은 손가락을 튕기려다가 고개를 저었다.

작은 소리 한 번에 설화는 달려올 것이었다.

하지만, 설화의 단잠을 방해하기는 싫었다.

설화는 이곳에 함께 오긴 했지만, 청연을 간호 중이었다.

아마 지금 시간이면 지쳐서 단잠에 취해 있을 것이었다.
청연은 천독에게 버림받았던 독인들의 우두머리.
설화의 부탁으로 일단 수하로 거두기로 한 상태였다.
어릴 적 부모를 잃고 각각 살수로 살아가던 설화가 청연에게 감정이입을 한 것은 당연한 결과였다.
청연도 어릴 적 부모를 잃고 천독의 손에서 독인이 되었으니 말이다.
고개를 흔든 한빈은 주변을 살피다가 정과 망치를 구해 품안에 넣었다.
천천히 주위를 둘러보다가 맹호 비고로 향했다.
기감을 높여 주변을 탐지하며 천천히 걸어가던 한빈은 기분 좋게 고개를 끄덕였다.
어떤 이상한 기척도 느껴지지 않았다.
흑선과 헤어지면서 한빈이 걱정했던 것은 흑룡단의 연결고리였다.
만약에 한빈과 하북팽가가 표적이 된다면, 그것은 그가 원하는 바가 아니었다.
며칠간 관찰한 결과에 따르면, 흑룡단이라는 정체불명의 집단과 자신과의 연결 고리는 완벽하게 끊어진 게 분명했다.
이제는 황실이 그들을 족치는 것을 당과를 먹으며 구경하면 되었다.
한빈이 막 결론을 내었을 때였다.

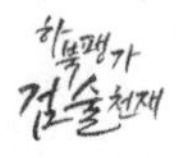

마침 한빈은 맹호 비고의 앞에 도착했다.

한빈을 본 경비 무사가 재빨리 포권했다.

"사 공자님을 뵙니다."

전과는 다르게 공손해진 모습에 한빈이 씩 웃었다.

아마 전날 황제의 성지에 대한 소문이 가문 내에는 파다하게 퍼졌을 것이었다.

뭐, 아쉬운 것은 그 성지마저도 가문 밖으로 새어 나가서는 안 되었다.

그렇기에 하북팽가의 무사들은 입이 근질거려 죽을 지경이었다.

황제의 성지는 가문의 자랑.

하지만 입 밖에 내지 말라는 엄명이 있었기에, 무사들끼리 소문을 부풀리고 있던 중이었다.

한빈이 고개를 끄덕였다.

"새벽에 고생이 많네."

"아닙니다. 이게 저희가 할 일입죠. 그런데 몇 층을 가십니까? 지시받기로는 오 층까지 모두 개방해도 좋다고 들었습니다. 오 층을 열면 되겠습니까? 사 공자님."

"아니야, 그냥 맹호 비고의 지하를 열어 주면 되네."

"지하라고요?"

"지하면 충분하네."

"네, 알겠습니다."

고개를 돌린 경비 무사는 뒤를 보고 털짓했다.

뒤에 선 무사는 전과 마찬가지로 책자를 보고 문의 손잡이를 돌리기 시작했다.

손잡이를 돌리자, 맹호 비고의 안쪽에서 작은 소음이 흘러나왔다.

끼기–긱.

계단이 지하에 맞춰 움직이는 소리였다.

소음이 멈추자 무사가 양손을 내밀며 말했다.

"들어가서도 좋습니다. 그런데……."

무사가 머뭇거리며 한빈을 바라봤다.

마치 똥 마려운 강아지처럼 안절부절못하는 모습에 한빈이 고개를 갸웃하고 물었다.

"왜 그러나?"

"저, 저기, 여쭤볼 게 있어서 그러는데요, 그러니까……."

"편한 게 말해 보라고. 우리 사이에 거리낄 것이 있었나?"

"그럼 편안히 여쭙겠습니다요. 저희 경비 무사들 사이에 내기가 붙었는뎁쇼. 그 내기인즉슨, 사 공자님이 부마가 되신다는 소문이 진짜인지, 아니면 가짜인지에 대해서……."

한빈은 어이가 없어서 한숨을 내쉬었다.

"휴……."

"왜 그러십니까?"

"어제 생긴 일에도 이리 헛소문이 도는데, 앞으로 어떤 소

문이 더 생길까 걱정되서 그러지."
"그럼 그게 헛소문입니까?"
"부마는 무슨, 자네 동료들에게 헛소문에 신경 쓰지 말고 일에 집중하라고 하게. 앞으로는 더욱더 경계에 신경 써야 할 거야."
"네, 알겠습니다, 사 공자님."
무사는 머리가 땅에 닿을 것처럼 허리를 숙이며 포권했다.
그 모습에 한빈은 씩 웃으며 맹호 비고로 들어섰다.
한빈에게 물어본 무사는 돈을 제법 딴 것 같았다.

계단을 내려온 한빈은 주위를 둘러봤다.
주위는 칠흑처럼 어두웠다.
본래라면 저절로 불이 켜져야 정상이지만, 이미 한빈이 모든 기관 장치를 못 쓰게 망가뜨려 놓은 상태였다.
한빈이 이곳에 온 것은 확인 사살을 위함이었다.
가문을 궁지로 몰아넣은 물건이 남아 있다면 철저히 없앨 생각이었다.
한빈은 어둠 속에서 안력을 돋궜다.
벽 대부분이 지난번 한빈이 만든 불씨에 의해 시커멓게 탄 상태였다.

한빈은 가장 멀쩡해 보이는 벽으로 가서 불을 붙이는 곳을 더듬었다.

살짝 기름이 흘러나오는 것이, 아직은 멀쩡해 보였다.

한빈은 품속에서 단검을 꺼내 기름 위에 불꽃을 내었다.

불꽃이 기름 위에 옮겨붙자, 금세 한쪽 벽에 조명들이 켜지기 시작했다.

화르륵.

한쪽 벽에 있는 호롱불들이 켜지자, 맹호 비고 지하층의 참상이 그대로 드러났다.

나무로 된 책장들은 모두 재가 되어 바스라졌으며, 벽은 검은색으로 그을려 누가 봐도 쓸모없는 공간이 되어 있었다.

하나 한빈이 여기서 찾는 것은 누군가의 발자국이었다.

가문을 모함할 누군가가 이곳에 찾아왔다면, 분명 흔적을 남길 수밖에 없을 것이었다.

이렇게 재가 된 곳에 흔적 없이 들어올 수 있다는 것은 불가능했다.

입구에서부터 허공답보로 와서 그 상태로 나갔어야 흔적을 남기지 않았을 텐데, 그렇다면 경공술이 아닌 비행술이라 불러야 했다.

화경의 고수도 참새처럼 날 수는 없으니 말이다.

맹호 비고 지하층에 대한 일은 오늘로써 마무리 지어야 했다.

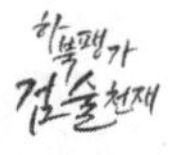

이 정도로 태워 먹었으면 책임도 져야 하는 법.

뭐, 아무것도 없는 지하층 정도를 태워 먹은 것은 실수 측에도 못 낄 것이었다.

툭. 툭.

한빈은 발로 잿더미를 뒤적였다.

다행인지 불행인지는 몰라도 침입자의 흔적은 남아 있지 않았다.

한빈이 지하층에 대한 수색을 마치고 위쪽으로 막 계단을 오르려 할 때였다.

뒤쪽에서 묘한 느낌을 받았다.

"뭐지?"

한빈은 혼잣말을 뱉으며 돌아섰다.

하지만 뒤쪽에는 구석구석 깔린 어둠을 제외하고는 아무것도 없었다.

한빈은 고개를 갸웃했다.

아직도 묘한 기세가 느껴졌기 때문이다.

아무도 없는데 기세라?

이건 있을 수 없는 일이었다.

한빈이 눈을 가늘게 뜨고 기세가 피어나는 곳을 바라봤다.

그곳에는 먹을 엎어 놓은 것처럼 검게 그을린 자국밖에는 없었다.

하지만, 원인이 없는 현상은 있을 수 없는 일이었다.

한빈은 그곳을 향해 걸어갔다.

터벅터벅.

벽 앞에서 멈춘 한빈은 조용히 그을린 벽의 틈새를 바라봤다.

기세는 느껴지는데 아무것도 보이지 않자, 한빈은 손으로 벽을 쓰다듬어 봤다.

순간, 손끝에 따끔한 통증이 느껴졌다.

손을 보니 검날에 베인 것처럼 피가 흘러나오고 있다.

뚝. 뚝.

한빈의 핏방울이 바닥에 떨어졌다.

손가락을 제법 깊게 베인 한빈이 눈을 가늘게 떴다.

하지만, 그의 눈은 손가락이 아닌 벽을 향했다.

자신의 손가락에 상처를 입힌 물건을 찾기 위함이었다.

한참을 벽을 관찰하던 한빈은 눈을 크게 떴다.

그는 벽 쪽에서 은빛 광채를 띠는 선을 발견했다.

벽에 그려진 선이라?

충분히 의심이 갈 만한 상황이었다.

하남정가에서도 비슷한 경험을 하지 않았던가?

한빈은 조용히 그 선을 만졌다.

하남정가에서 본 것과는 다른 형태의 선.

스읔.

다시 손가락 끝에서 깊은 고통이 느껴졌다.

한빈은 그것이 단순한 선이 아닌 칼날이라는 것을 깨달았다.

칼날이 벽 전체에 박혀 있었던 것이다.

한빈에게 베인 상처는 그다지 문제가 되지 않았다.

한빈의 손가락은 벌써 아문 상태였다.

회복의 속성 덕분이었다.

그때였다.

허공에서 글귀가 나타났다.

[강호에 흩어진 초식 중 일부를 찾았습니다. 용린의 주인이 잠들어 있는 초식을 깨웠습니다. 당신의 피는 잠들어 있는 초식을 깨우기에 충분합니다.]

[초식을 흡수할 준비가 되었습니다. 초식을 흡수하기까지 남은 시간 두 시진.]

글귀를 확인한 한빈은 고개를 살짝 기울였다.

다시 확인해 봐도 글귀는 변하지 않았다.

남은 시간이 두 시진이라니?

이제까지 이렇게 시간 제약이 있는 경우는 없었다.

두 시진이라?

어찌 보면 빠듯한 시간이었다.

하지만, 이 초식의 주인이 될 자는 자신밖에 없지 않은가?

그렇다면 방법이 있을 것이 분명했다.

한빈은 그 글귀와 벽에 박힌 칼날을 다시 확인해 봤다.

아무래도 눈으로 확인하는 것은 불가능해 보였다.

한빈은 상처에 신경 쓰지 않고, 벽에 박힌 칼날에 손을 대어 따라가 보았다.

서걱.

다시 손가락이 베이는 통증이 느껴졌다.

서걱.

계속 한빈은 칼날이 만들어 낸 선을 손끝으로 느꼈다.

한빈의 손끝에서 떨어진 핏방울이 칼날이 만들어 낸 선으로 스며들었다.

뭐지?

한빈이 눈을 크게 떴다.

그의 피를 머금은 선이 황금빛으로 변하고 있기 때문이었다.

그것도 짙은 황금색이었다.

황금빛이 얼마나 진한지, 진짜 황금 중에서도 저렇게 영롱한 빛을 본 적이 없었다.

마치 세상에는 없는 황금빛 같았다.

마치 황금색 여의주처럼 말이다.

힐끔 벽면을 본 한빈은 이것이 제대로 된 방법이라고 확신했다.

한빈은 다시 손을 칼날 위에 가져다 댔다.

그 상태로 한빈은 벽에 박혀 있는 칼날의 끝까지 갔다.

스스슥.

한빈의 핏방울이 강물을 거슬러 오르는 연어처럼 칼날로 흘러 들어갔다.

'뭐지?'

한빈이 살짝 당황했다.

상처야 별 상관이 없지만, 황금색 실선으로 흘러 들어가는 피의 양이 문제였다.

전장에서 칼이 몇 군데 꽂혀도 이 정도로 피가 흘러나오지는 않을 터였다.

하지만, 기호지세라고 했던가?

한빈은 멈출 수 없었다.

중간에 멈추면 모든 것이 수포가 된다는 것을 알고 있었다.

물론 본능적으로 말이다.

실력편의 '복(復)'의 구결이 점점 줄어든다.

본래 사십 개였던 복 자가 이제는 열 개밖에 남지 않은 상태.

무슨 마공도 아니고, 자신의 피를 바쳐서 초식을 확인하는 경우가 어디 있단 말이냐?

하지만 의문은 길지 않았다.

용린도 자신의 피를 바쳐서 확인하지 않았던가.

한빈은 계속 실선에 피를 주입했다.

그가 지나온 자리에 있던 은빛 실선은 이제 모두 황금빛으로 바뀌었다.

이제 남은 실선은 오분지 일.

한빈은 이를 악물었다.

이제 자칫 잘못하면 골로 갈 것이 분명했기 때문이었다.

한빈은 재빨리 구결을 떠올렸다.

'전광석화.'

'구걸십팔보.'

'일촉즉발.'

한빈은 순식간에 실선의 끝에 도달했다.

이것은 한빈의 꼼수.

어차피 피를 바쳐야 한다면, 빨리 지나가는 것이 상책이라고 생각했기 때문이었다.

하지만 그것이 실수였다.

시간이 문제가 아니라, 빨리 가나 늦게 가나 황금빛 실선으로 변화시키는 데 필요한 피의 양은 똑같았던 것이었다.

한 번에 모든 피를 소모한 한빈은 눈앞이 핑 돌았다.

소위 말하는 급성 빈혈.

흐려져 가는 의식 속에 한빈은 다른 초식을 모두 지우고 재빨리 기사회생을 펼쳤다.

스스–슥.

한빈의 상처가 회복되기 시작했다.

물론 몸 안에 필요한 피도 기사회생의 초식으로 회복되었다.

정신을 차린 한빈은 조금 떨어져 벽을 바라봤다.

그곳에는 한빈이 핏방울이 만들어 낸 황금색 실선이 벽의 한가운데에 그려졌다.

지하에 있는 호롱불이 일렁이며 그림자를 만들어 냈지만, 황금색 실선은 전혀 영향을 받지 않았다.

어둠 속에서 더욱 빛을 발하는 황금색 실선.

한빈은 그 실선을 처음부터 끝까지 바라봤다.

뭐지?

분명 강호에 흩어진 초식을 발견했다는 글귀를 확인했는데, 아무리 집중해서 봐도 비급의 흔적을 읽을 수가 없었다.

[……남은 시간 한 시진.]

시간이 줄어들어 있었다.

황금색 실선으로 만드는 데까지만 해도 꽤 시간을 허비했던 것 같았다.

그렇다면 한 번에 많은 피를 쏟아부은 한빈의 선택이 맞았다는 것이다.

하지만 지금부터가 문제였다.

허공에 떠 있는 글귀에는 아무런 단서도 나와 있지 않았다.

“흠.”

헛기침한 한빈이 다시 벽을 바라봤다.

이런 기연을 만든 이가 원하는 것은 단 하나.

한빈이 이것을 자신의 것으로 만들길 바라고 있는 것이 분명했다.

이미 차려진 밥상에 숟가락까지 올려진 상황.

그런데 어떻게 먹어야 할지를 모르고 있다니!

한빈은 난감할 뿐이었다.

얼마나 지났을까?

한빈은 다시 시간을 확인했다.

[……남은 시간 반 시진.]

그 글귀를 본 한빈은 눈매를 좁혔다.

그것도 잠시, 한빈은 월아를 뽑았다.

스르릉.

승부수를 띄워 보기로 한 것이었다.

한빈의 생각은 간단했다.

황금색 실선에 용린검법의 초식을 더 주입해 보기로 한 것이었다.

물론 이성적인 판단이 아니라 본능이었다.

초식을 확인할 수 있는 마감 시간이 다가오자, 본능이 움직인 것이다.

한빈은 벽을 마주 보며 기수식을 취했다.

월아의 검 끝이 황금색 실선이 수놓아진 벽 끝으로 향했다.

순간 한빈의 몸에서 휘돌던 기운이 서서히 팔을 타고 월아를 잡은 손아귀로 전해졌다.

월아는 모든 파혼의 기운을 쏟아부을 준비가 되었다는 듯.

우우-웅. 우우-웅.

검명을 토해 냈다.

해가 중천에 떠서 하북팽가를 비추고 있었다.

하북팽가는 전날 일 때문인지, 어느 때보다 술렁였다.

모두가 오전 업무는 접어 두고 삼삼오오 모여 어제의 일을 떠들고 있었다.

물론 오전에 이렇게 한가하게 쉴 수 있었던 것은 모두 가주의 명 때문이었다.

상방보검을 받은 것은 비밀로 하라는 황제의 명 때문에 잔치를 벌일 수는 없었지만, 하북팽가의 녹을 먹는 이들은 사흘간의 휴식과 은자를 받았다.

물론 세가를 경비하는 인원들에게 그럴 틈이 없기에, 다른 이들이 받은 은자에 더해 휴식에 대한 값을 얹어서 받았다.

큰 소리는 나지 않았지만, 하북팽가는 그야말로 잔치 분위기.

그렇게 오전 동안 쉴 틈 없이 떠들던 이들도 간만의 휴식을 취하기 위해 모두 저잣거리로 나갔다.

하지만 휴식을 취하지 못하고 있는 이들도 있었다.

그것은 각주와 당주 들이었다.

어깨에 걸린 힘에는 책임이 따르는 법.

모든 각주는 다시 한번 조직을 검토해야 했다.

훌쩍 올라간 하북팽가에 위상에 맞춰, 혹시 발생할 수 있는 실수에 대비하여 점검하는 것이다.

집법당주 팽대위도 마찬가지였다.

식사를 마치고 집법당으로 업무를 보기 위해 들어선 팽대위는 고개를 갸웃했다.

손님이 와 있었던 것이다.

자신보다도 먼저 온 이는 다름 아닌 팽혁빈.

그는 팔짱을 낀 채 조용히 집법당주실에 쌓인 서류를 바라보고 있었다.

그 모습에 팽대위가 조용히 다가갔다.

기척을 느낀 팽혁빈이 재빨리 몸을 돌려 포권했다.

"숙부님, 오셨습니까?"

"그래, 왔다. 그런데 대체 이 시간에 무슨 일이냐?"

"상의드릴 것이 있어 이렇게 왔습니다."

"상의한다는 것이 저기에 쌓인 서류를 검토하라는 건 아니겠지?"

"하하, 농도 지나치십니다, 숙부님. 제가 저 서류에 대해서 어찌 왈가왈부할 수 있겠습니까?"

"허허, 알았다. 얘기할 것이 무엇인지 말해 보아라."

"일단 목 좀 축이시죠."

팽혁빈이 품 안에서 조그만 호리병 하나를 꺼냈다.

그 호리병을 본 팽대위의 눈이 커졌다.

"이건 혹시 ……."

"네, 맞습니다. 금존청(金尊淸)입니다. 그것도 이십 년이 넘은 놈이지요."

금존청이라면 명주 중의 명주.

팽혁빈이 꺼내 놓은 금존청은 그중에서도 상품에 속했다.

"오호, 그걸 내게 보여 주는 이유는?"

"당연히 드리려고 하는 거지, 딴 이유가 어찌 있을 수 있겠습니까?"

팽혁빈은 금존청을 팽대위에게 건넸다.

팽대위는 받자마자 호리병을 열었다.

순간 청아한 주향이 집법당에 가득 찼다.

팽대위의 눈이 반짝였다.

"진짜 금존청이 맞군, 맞아. 이십 년이 아니라 삼십 년은 되어 보이는데……."

침을 튀기며 칭찬을 늘어놓는 팽대위를 뒤로한 채, 팽혁빈은 어디선가 술잔 두 개를 가져왔다.

"설마 혼자 드시지는 않겠지요?"

"하하, 이렇게 좋은 선물을 나 혼자 꿀꺽하면 그건 가칙 위반 아니던가? 술잔 하나 이리 주게."

팽대위는 손가락을 까닥였다.

그 모습에 팽혁빈이 아무렇지도 않게 술잔을 날렸다.

휙!

그가 날린 술잔에는 투명한 기운이 일렁이고 있었다.

내공을 실어 던진 것이었다.

탁!

팽대위는 아무렇지도 않게 술잔을 잡았다.

잡은 술잔이 팽이처럼 팽대위의 손에서 맴돈다.

팽대위는 씩 웃었다.

"묵은 먼지를 터는 데는 뭐니 뭐니 해도 벽력장이 최고지. 그런데 내가 숨겨 놓은 술잔은 용케 찾았군그래."

말을 마친 팽대위는 기분 좋게 호리병을 들었다.

그러고는 망설임 없이 손바닥 안에서 빙글빙글 도는 술잔

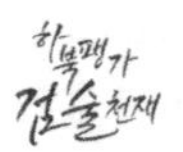

에 술을 부었다.

빙글빙글 도는 술잔에 술을 들이부으면 어떻게 될까?

당연히 흘러넘치겠지만, 팽대위의 손바닥 안에서 팽이처럼 도는 술잔은 조금의 술도 흘리지 않았다.

그 모습에 팽혁빈이 말했다.

"대단하십니다, 숙부님. 언제 벽력장을 익히신 겁니까? 벽력장을 대성하면 날아가는 나비도 손바닥 안에 가둘 수 있다고 들었는데 사실이군요."

때마침, 핑그르르 돌던 술잔이 멈췄다.

"대성은 아니고 소성이라고 해야 할까? 여길 잘 보게."

말을 마친 팽대위는 술을 입에 털어 넣었다.

그러고는 술잔을 쥔 손바닥을 펼쳤다.

그때까지 형체를 유지하고 있던 술잔이 과자 부서지듯 스르르 부서졌다.

술잔은 팽대위의 손안에 들어오는 순간 부서진 것이 분명했다.

그 부서진 형태를 내공으로 옮아 넣고 있었고 말이다.

술잔에 따라 마셨다기보다는, 내공에 담아 술을 마셨다고 해야 정확했다.

그 모습에 팽혁빈이 탄성을 흘렸다.

"아, 그랬군요."

"그래, 벽력장을 대성한 게 아니라서 이 모양인 게지. 사실

이 술잔은 일 년 전에 먹다 잃어버린 거라네. 찾으면 버리려고 했는데……. 자네도 한잔할 텐가?"

팽대위가 술병을 들자, 팽혁빈은 힐끔 남은 술잔을 바라봤다.

보이기에 가져온 것인데 일 년이라니?

팽혁빈은 다급하게 술잔을 옆에 던져 놓으며 말했다.

"저는 됐습니다, 숙부님."

"하하, 아쉽게 됐군. 그럼 용건을 슬슬 말할 때가 된 것 같은데……."

"한 가지 부탁을 드릴 것이 있어 이렇게 찾아왔습니다."

팽혁빈의 눈빛이 깊어졌다.

그 모습에 팽대위도 이제까지의 장난스럽던 표정을 지우고 구석의 탁자를 가리켰다.

"일단 앉아서 이야기하지."

팽대위가 천천히 앞서 나갔다.

그를 따라가는 팽혁빈의 표정은 사뭇 진지했다.

진룡파혼검을 펼친 한빈의 눈앞에 묘한 광경이 나타났다.

지하층 한쪽 벽이 모두 사라진 것이었다.

사라진 자리에는 황금빛 실선만이 남아 있었다.

하지만 벽을 제거하고 보니, 그것은 황금빛 실선이 아니었다.

거대한 금판의 일부가 벽 쪽으로 튀어나와 있었던 것이다.

원래는 금빛이 아니었고 튀어나온 부분이 날카로웠기에, 금판이 아니라 칼처럼 느껴졌던 것이었다.

뭐, 황금빛 금속판을 펼쳐 놓는다면 어쩌면 칼의 모양이 될 수도 있었겠지만, 황금판은 이리저리 구부러져 있기에 그 형태를 짐작하기가 불가능했다.

한빈은 재빨리 남은 시간을 확인했다.

[…… 남은 시간 일각.]

이제 얼마 남지 않은 상태.

한빈은 재빨리 황금빛 금속판 위로 올라섰다.

순간 한빈은 탄성을 흘렸다.

황금빛 판 위에는 그림이 음각으로 파여 있었다.

그림은 한두 개가 아니었다.

그 그림이 초식을 의미한다는 것은 삼척동자도 알 테지만, 남은 시간이 문제였다.

초식을 보고 그것을 이해하기까지 남은 시간은 너무 촉박했다.

한빈이 눈을 빛냈다.
이 초식을 이해할 수 있는 것은 자신밖에 없다 확신했다.
한빈은 초식 그림 하나에 손을 갖다 댔다.
순간 그림이 봄날 눈처럼 사르르 녹았다.
황금판 위의 그림이 사라진 대신, 비급이 나타났다.
한빈은 시야에 뜬 글귀를 확인할 수 있었다.

[강호에 흩어진 초식의 조각이 모였습니다. 이십 분의 일.]

글귀를 확인한 한빈은 바로 나머지 초식들을 손으로 훑고 지나가기 시작했다.
사사--삭.
구걸십팔보를 극성으로 펼치며 누비자, 황금판의 초식들은 모두 사라졌다.
동시에 눈앞에 글귀가 나타났다.

[강호에 흩어진 용린검법의 초식을 발견했습니다.]
[초식의 이름은 혼원벽력도, 이해도가 낮아 초식의 설명을 볼 수 없습니다.]
[설명을 통해 완벽하게 이해한다면 본래 형태로의 전환이 가능합니다.]

한빈은 눈을 가늘게 뜨고 융합편의 초식을 확인했다.

[융합편]

[……]

[혼원벽력도]

하지만, 문제가 있었다. 혼원벽력도라는 다섯 글자를 볼 때마다 집중력이 깨졌다.

아무리 봐도 혼원벽력도라는 단어만 눈에 들어올 뿐, 그 설명이 보이지 않았다.

역시 비급이 전한 내용 그대로였다.

그때 비급의 설명이 이어졌다.

[이해도에 필요한 조건은 혼원보, 혼원장, 오호단문도입니다. 세 가지를 익힌 후 다시 설명을 확인하십시오.]

혼원벽력도도 용린검법의 흔적이 묻은 초식이었다니?

가문에서 반쪽만 남았다는 혼원벽력도였다.

한빈이 얻은 혼원벽력도는 완전한 비급이 분명했다.

문제는 지금 당장 볼 수는 없다는 것.

어쩌면 혼원벽력도의 설명을 볼 수 있는 세 가지 무공을 얻기 위해서 꽤 많은 시간이 필요할지도 몰랐다.

하지만 무작정 기다릴 수는 없는 법.

한빈은 맹렬히 머리를 굴렸다.

수만 가지 가능성을 머릿속에 그리고 있을 때였다.

한빈이 올라탔던 황금판이 흔들리기 시작했다.

마치 지진이라도 난 것처럼 말이다.

자세히 보니 지하층 전체가 흔들리는 것은 아니고 넓게 펴진 황금판만이 흔들리고 있었다.

한빈은 재빨리 황금판에서 내려와서 반대편 벽 쪽으로 물러났다.

그 전에 보였던 기세와는 다르게 묘한 이질감을 느꼈기 때문이다.

한빈이 느낀 것은 살기였다.

그때였다.

황금판의 빛이 점점 흑빛으로 변했다.

검은빛을 띤 황금판, 아니 철판은 폭발음을 냈다.

쾅!

철판이 조각나는 동시에, 암기가 되어 한빈에게 날아왔다.

휙. 휙.

암기가 되어 앞을 가득 채운 철 조각 때문에 앞이 시커멓게 변했다.

마치 당가의 만천화우를 보는 것만 같았다.

그물처럼 빽빽하게 날아오는 암기로부터 숨을 공간은 없

었다.

고민은 길지 않았다.

'금선탈각.'

동시에 한빈의 신형이 사라졌다.

한빈이 나타난 곳은 지하층으로 내려오는 계단.

한빈은 자신이 서 있던 벽을 바라봤다.

그곳에는 조각난 철판이 빼곡히 박혀 있었다.

저 정도의 양이라면 어떤 수법으로도 막을 수 없을 터.

오직 금선탈각만이 살아날 길이었다.

이것은 오직 용린의 주인에게만 안배를 전하겠다는 뜻.

만약 한빈이 용린의 주인이 아니라면?

꼼수를 써서 안배를 얻었더라도 저 암기에 걸레가 되었을 것이 분명했다.

"쩝."

혀를 찬 한빈은 계단에서 지하로 뛰어내렸다.

황금빛 철판이 차 있던 곳은 아무것도 없다는 듯 휑하기만 했다.

한빈은 반대쪽을 바라봤다.

"이건 대체……."

한빈은 말끝을 흐렸다.

벽에 박혀 있는 암기의 간격이 일정했기 때문이다.

당가의 최고 비기인 만천화우라도 암기를 저렇게 벽에 박을 수는 없었다.
하늘에서 내리는 비가 어찌 간격이 일정할 수 있다는 말인가?
그런데 저 암기의 간격은 일정했다.
손가락 한 마디 정도의 간격을 두고 벽에 수놓아진 암기.
"혹시?"
혼잣말을 뱉은 한빈은 벽을 천천히 쓰다듬었다.
순간, 다시 비급이 반짝였다.

[용안(龍眼)으로 구결을 확인합니다.]
[지급(地級) 구결 만(滿)을 획득하셨습니다.]

한빈은 어이없다는 표정으로 암기가 박힌 벽을 바라봤다.
어찌 보면 이중으로 안배를 해 놓은 것.
이 안배를 준비한 이는, 제갈공명보다 지략이 뛰어나고, 무당의 조사인 장삼봉보다도 무력이 뛰어난 자일 것이었다.
그렇다면 한 시대를 풍미한 자였을 가능성이 컸다.
거기에 더해 천하 십대세가를 아우르는 자여야 했다.
하남정가와 황보세가 그리고 하북팽가까지 안배를 펼쳐 놓았으니 말이다.
이상한 것은 한빈이 아는 한, 그런 자가 없었다는 점이다.
과연 누굴까?

강호를 해치려는 자와 구하려는 자.

두 거대한 수레바퀴 사이에 한빈이 낀 것만 같았다.

의문도 잠시, 한빈은 계속 벽을 살폈다.

하지만 더는 구결의 흔적을 찾을 수 없었다.

그때였다.

다급한 발소리가 천장에서 들려왔다.

타다닥, 타다닥.

맹호 비고의 문이 열렸는지 계단 쪽에서 희미하게 빛이 들어왔다.

그 빛줄기를 타고 두 신형이 지하로 내려왔다.

"한빈아, 팽한빈!"

첫 번째로 들린 목소리는 팽대위였다.

"아우야, 무슨 일이냐?"

두 번째 목소리의 주인공은 대공자 팽혁빈이었다.

둘은 횃불을 들고 있었다.

그 둘은 동시에 한빈에게 다가와 그의 상태를 살폈다.

먼저 입을 연 것은 팽혁빈이었다.

"대체 어떻게 된 일이냐?"

"별일 아닙니다."

"지금 집법당의 전각이 흔들릴 정도인데, 별일이 아니라니, 그게 무슨 말이냐? 그건 그렇고 몸은 괜찮은……."

순간 팽혁빈의 눈이 커졌다.

한빈의 붉은 무복이 넝마가 되어 있었기 때문이다.
팽혁빈은 더욱 가까이 불빛을 비춰 봤다.
한빈의 뒤에는 수많은 암기가 빼곡히 박혀 있었다.
팽혁빈이 입을 딱 벌리고 있자, 옆에 있던 팽대위가 대신 나섰다.
"일단 여기에서 나가자."

한 시진 후.
집법당에 마주 앉은 셋은 서로의 눈치만 보고 있었다.
팽대위는 한빈을 의당에 보내고 치료하려 했다.
하지만 한빈이 한사코 손을 내저으며 옷만 갈아입고 이곳으로 왔다.
팽대위는 한빈에게 물어볼 것이 한둘이 아니었다.
지하가 완벽하게 잿더미가 된 일도 그렇고, 벽에 박혀 있던 암기도 이해가 가질 않았다.
하지만 어떻게 물어봐야 할지가 난감했다.
팽대위는 힐끔 팽혁빈을 바라봤다.
팽혁빈도 입술만 달싹거리며 좀처럼 입을 열지 않고 있었다.
팽대위는 둘을 번갈아 봤다.

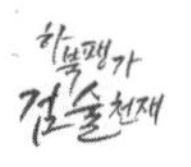

두 명의 소가주 후보가 모두 여기에 있었다.

하지만 그들의 속내를 알 수 없었다.

요즘 들어 혁혁한 공을 세우며 전면에 나선 한빈이었지만, 묘하게 가문과는 겉도는 느낌이 들었다.

팽대위가 한빈에게 잘해 준 것은 가문의 균형을 위해서였다.

가장 약한 후보를 보호해 주어 소가주 후보 경쟁이 한쪽으로 치우치지 않게 하려는 뜻이 강했다.

하지만 지금 한빈은 어떠한가?

지금 소가주로 낙점을 받아도 이상하지 않을 만큼 성장했다.

물론 대공자 팽혁빈이 빠지는 것은 아니었다.

뭐, 대공자 팽혁빈의 속내도 알 수 없기는 마찬가지였다.

그때 한빈이 입을 열었다.

"일단 제가 겪은 상황에 대해 설명드리겠습니다. 그러니까……."

한빈은 마치 독수리가 먹이를 낚아채듯 단숨에 설명을 끝냈다.

설명은 간단했다.

불이 나서 지하층이 싹 다 타고 벽 쪽에서 무지막지한 암기가 튀어나왔다는 것이었다.

물론 불은 지난번에 한빈이 지른 것이지만, 폭약이 터졌다고 살짝 거짓을 덧씌웠다.

이로써 한빈은 지하층 소각에 대한 책임에서도 벗어날 수 있었다.

한빈은 자신이 겪을 일을 안배로 설명하지는 않았다.

실체도 없는 완벽한 혼원벽력도를 얻었다고 하면 누가 믿을까?

한빈은 누군가의 음모로 설명했다.

한빈의 설명을 들은 팽혁빈이 물었다.

"그럼 누군가 너를 해치려 했단 말이냐?"

"그건 아니라고 생각합니다."

"결론적으로 네가 다칠 뻔하지 않았느냐?"

"제가 다칠 뻔한 것은 우연이죠. 생각해 보십시오. 아까 확인한 암기라면 대대적인 공사를 벌여야 가능한 일입니다. 제가 소가주 후보로 임명되고 맹호 비고에 그런 변화가 있었습니까?"

"흠."

팽혁빈은 헛기침을 했다.

한빈의 말이 정확했기 때문이다.

벽의 암기를 확인해 보면, 이건 사천당가에서 설치한 함정이라 해야 믿을 수 있을 정도였다.

그런 함정을 아무런 소란 없이 맹호 비고 지하에 만들 수

있다라?

이건 불가능했다.

팽혁빈이 물었다.

"그렇다면 네 의견은 무엇이냐?"

"저는, 소가주가 된 자를 해치려 한 것이 분명하다고 생각합니다."

"소가주가 된 자라고?"

"생각해 보시면 간단합니다. 맹호 비고 지하에 들어갈 사람이 과연 얼마나 될까요?"

"맹호 비고 지하라?"

"관리도 안 되는 곳이 아닙니까?"

"그야 그렇지."

"그럼 맹호 비고의 지하에 들어가야만 되는 경우를 생각해 보시면 간단하죠."

"그 경우라면……."

"소가주로 임명되면 가문의 모든 시설을 한 달 안에 살필 의무가 있습니다. 모든 시설이라고 한다면 지하도 포함되겠죠."

그때였다.

팽대위가 눈을 빛내며 끼어들었다.

"생각해 보니 너는 얼마 전에 맹호 비고의 지하에 출입할 권한을 얻어 그곳을 살피지 않았느냐? 그때는 멀쩡했는데 왜 오늘은 함정이 발동되었다는 말이더냐?"

한빈이 눈을 가늘게 떴다.
팽대위는 덩치에 걸맞지 않게 날카로운 통찰력을 가지고 있었다.
하지만 한빈은 이 대답 역시 준비해 놨다.
"그건 간단합니다. 지난번에는 운이 좋았던 겁니다. 예를 하나 들어 보겠습니다."
"계속해 보아라."
"도둑을 잡기 위해 철질려는 사방에 뿌려 놔도, 아무 일 없이 통과하는 경우도 있지 않습니까?"
"아."
팽대위는 탄성을 흘렸다.
한빈의 논리에는 허점이 없었다.
운이라는 게 수치로 설명될 수 있는 것이 아니기 때문이었다.
한참을 바라보던 팽대위가 물었다.
"그렇다면 이번에는 운이 나빴다는 거군?"
"아니죠. 이번에는 운이 더 좋았던 겁니다."
"그게 무슨 말이지?"
"함정이 발동되었는데도 살아남았으니 그게 운이 아니면 뭐겠습니까? 아마 제 평생 운을 이번에 다 쓴 것일 수도 있습니다. 문제는 지금부터죠."
"……."

팽대위와 팽혁빈은 말없이 한빈을 바라봤다.
계속하라는 무언의 재촉.
한빈은 재빨리 말을 이었다.
"이제부터는 적을 주시해야 할 때인 것 같습니다."
"적이라면……."
"황실과 우리 가문의 적, 한마디로 강호 공공의 적이죠. 장운현에서 일을 벌인 집단과 하북팽가를 노리는 집단은 같다고 보는 게 맞습니다."
"흠."
"제 생각은 이렇습니다……."

한빈의 말은 한 시진이 지나서도 멈추지 않았다.
한빈의 의도는 간단했다.
뒤통수 맞을 일 없도록 대비하자는 것이었다.
지금 한빈의 의견을 저들이 받아들인다면?
앞으로 가문이 타격을 입을 일은 없을 것이었다.
외부의 적은 강유찬이.
혹시 모를 적의 침입은 가주를 중심으로 대비하는 것이 맞았다.
이제 한빈은 강해지는 것만 신경 쓰면 되었다.
한참 동안 이어지던 한빈의 설명이 멈췄다.
한빈이 마른 입술을 차로 적실 때였다.

한빈은 자신도 모르게 눈을 가늘게 떴다.

갑자기 비급이 반짝이며 새로운 글귀가 나타났기 때문이었다.

[혼원벽력도에 대한 보충 설명이 도착했습니다.]

뭐지?

한빈은 남들이 눈치채지 못하게 슬쩍 글귀를 마저 확인했다.

[혼원벽력도를 이해하기 위해서는 불완전한 기본 무공의 조각을 맞춰야 합니다.]

한빈이 눈매를 좁혔다.

중요한 것은 가문 밖에서 찾기를 권한다는 내용이었다.

용린검법이 말하는 것은 한 가지였다.

혼원보와 혼원장 그리고 오호단문도가 불완전하다는 것이었다.

혼원벽력도가 문제가 아니라 기본 무공이 불완전하다면?

모래 위에 지은 성벽과 똑같다.

겉만 멀쩡할 뿐, 화살촉 하나에 우르르 무너질 수도 있는 것이었다.

지금 본 비급의 글귀는 희망을 주는 동시에 불안감도 가져왔다.

그때였다.

팽대위가 말했다.

"흠, 지금 그 눈빛은 꽤 무섭구나. 하하."

순간 한빈은 상념에서 벗어났다.

가만히 생각해 보니 비급이 떠 있는 곳이 하필 팽대위가 있는 방향이었다.

어찌 보면 오해는 당연했다.

한빈이 말했다.

"하하, 무언의 압력이라고 생각해 주시죠, 당주님."

"흠, 서운하구나."

"서운하다니, 그게 무슨 말씀입니까?"

"이제는 당주가 아닌 숙부라 불러 줄 때도 된 것 같은데……."

"아, 네. 알겠습니다, 숙부님. 호칭이 뭐 어떻겠습니까? 숙부님을 생각하는 제 마음이 중요하지요. 안 그렇습니까? 형님."

한빈은 팽혁빈 쪽을 바라봤다.

팽혁빈은 조용히 고개를 끄덕였다.

하지만 입을 열지는 않았다.

걱정 가득한 표정으로 창밖의 먼 산을 바라보고 있었다.

한빈의 걱정에 동의하는 것이었다.

여기서 타격을 입는다면 가문은 강북 오대세가의 호칭을 다른 세가에 빼앗길 수도 있었다.

한빈이 말한 적에 대해서는 동의하지 않지만, 조심해야 한다는 의견에는 적극적으로 동의할 수밖에 없었다.

팽혁빈에게는 절실한 소원이 한 가지 있었다.

'가문의 절기인 혼원벽력도만 재건할 수 있다면?'

그의 소원은 혼원벽력도 하나로 요약할 수 있었다.

그 소원이 이루어진다면 아마 단숨에 강북 오대세가의 첫 번째 가문으로 올라설 수 있으리라 확신했다.

팽혁빈은 주먹을 꽉 쥐었다.

그때였다.

팽대위와 말을 마친 한빈은 자리에서 일어났다.

"이제 그만 가 보겠습니다."

"그래, 네 이야기는 가주께도 전달하마."

한빈은 팽대위와 팽혁빈에게 묵례한 뒤 뒤돌아섰다.

몇 걸음 가던 한빈이 고개를 슬쩍 돌렸다.

"형님, 약속은 잊지 않으셨죠?"

한빈의 말에 턱을 괴고 생각에 빠졌던 팽혁빈이 깜짝 놀라 고개를 돌렸다.

"그래, 시간 맞춰 연무장에서 보자꾸나."

"그럼 이따 뵙죠."

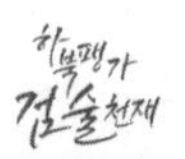

한빈은 활짝 웃으며 집법당을 벗어났다.

점점이 사라지는 한빈의 뒷모습을 본 팽혁빈은 고개를 갸웃했다.

새벽까지 비무를 벌이고 맹호 비고에 들어가서 죽을 고비를 넘긴 막내였다.

그런데 저렇게 아무렇지도 않다고?

기연이라도 얻은 것일까?

의문이 쌓였지만, 팽혁빈은 입 밖으로 내지 않았다.

그저 대견스럽다는 듯 멀어져 가는 한빈을 볼 뿐이었다.

한빈이 처소에 거의 도착했을 때였다.

기척을 느낀 한빈이 눈을 크게 떴다.

다가오는 속도가 상상도 할 수 없을 정도로 빨랐다.

한빈은 고개를 갸웃했다.

거리가 좁혀지자 기척의 주인이 누구인지 감지한 것이다.

지금 다가오는 이는 다름 아닌 설화.

아니나 다를까.

사사—삭.

바람 소리와 함께 설화가 나타났다.

"공자님."

다급한 목소리에 한빈이 물었다.

"무슨 일이냐? 설화야."

"저랑 좀 가 주세요, 공자님. 급해요."

"알았다."

한빈이 재빨리 구걸십팔보를 펼쳤다. 설화의 다급함에 응대한 것이었다.

사사―삭.

순간 한빈의 신형이 사라졌다.

한빈은 속(速)의 구결을 모두 사용해 구걸십팔보를 극성으로 펼쳤다.

한빈이 도착한 곳은 다름 아닌 설화의 처소.

덜컹.

문을 열자 그곳에는 까까머리의 삐쩍 마른 아이가 누워 있었다.

그 아이의 정체는 청연이었다.

한빈이 펼친 기사회생의 효용 덕에 목숨을 부지하고 있는 아이.

문제는 좀처럼 일어나지를 못한다는 것이었다.

청연이 왜 일어나지 못하는지는 장자명도 밝히지 못했다.

지금 보니 호흡도 무척 거칠었다.

"헉, 헉, 후―우."

청연의 거친 호흡을 확인한 한빈이 물었다.
“언제부터 그런 거지?”
“일각이요. 갑자기 저렇게 숨을 헐떡여요.”
말투는 고저가 없었지만, 설화는 울 것 같은 표정을 짓고 있었다.
그만큼 다급한 것이다.
한빈은 가까이 가서 청연의 상태를 살펴봤다.
피부는 원래대로 돌아왔다.
푸르딩딩했던 피부는 갓 태어난 아기처럼 우윳빛으로 바뀌었다.
문제는 생기를 점점 잃어 가고 있다는 것이었다.
한빈은 청연의 맥을 짚었다.
완맥으로 진기를 흘려보냈다.
‘뭐지?’
한빈은 고개를 갸웃했다.
이것은 죽어 가는 자의 혈도가 아니었다.
탁기가 전혀 없이 모든 혈도가 쭉 뻗어 나가 있었다.
완맥으로 흘려보낸 진기가 다시 돌아오기까지의 시간은 찰나.
그만큼 혈맥이 순수하다는 것이었다.
어찌 보면 이 아이는 기연을 얻은 것이었다.
‘그런데 왜?’

'왜'라는 단어 하나에 방점이 찍힌다.

지금은 원인이 관건이었다.

독을 내공처럼 쌓았다가 천독에게 빼앗겨 생기를 잃고 시체가 되었던 아이.

천독은 독기와 생기뿐 아니라 그녀의 탁기까지 모두 빼앗아 갔었다.

그런 이유로 탁기가 한 톨도 없다는 것이 한빈이 결론이었다.

그것과 지금 죽어 가는 것이 어떤 관계가 있을까?

한빈은 다시 한번 기사회생을 써 보기로 했다.

'기사회생.'

한빈의 몸속에 맴돌던 용린의 기운이 완맥을 잡은 오른손으로 몰아친다.

질풍노도처럼 오른손에 모인 용린의 기운.

그 기운은 마치 자장가를 불러 주는 어미의 손길처럼 차분하게 그녀의 혈맥으로 흘러들어 갔다.

구 할을 복구시킬 수 있는 초식.

하지만, 변화는 없었다.

지금 이 상태가 구 할이 회복된 상태라는 뜻.

그때였다.

갑자기 비급이 반짝이기 시작했다.

반짝이는 비급이 펼쳐진 곳은 실력편의 구결이었다.

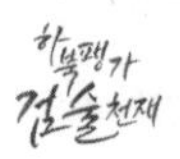

그것도 가장 아래쪽.

그곳에 독의 구결이 있었다.

반짝이던 독의 구결이 하나 줄었다.

[독(毒) : 이십사(二十四)]

한빈이 고개를 갸웃했다.

독의 기운을 청연에게 심은 것이다.

독을 심었던 경우는 근묵자흑으로 상대를 통제할 때밖에 없었다.

그런데 갑자기 독의 구결이 청연에게 흘러 들어가다니?

한빈은 비급과 청연을 번갈아 바라봤다.

그때였다.

설화가 손뼉을 쳤다.

짝짝.

그러더니 다급하게 청연에게 다가갔다.

동시에 청연이 깊은숨을 토해 냈다.

"후."

그 깊은 한숨의 끝에 청연이 눈을 떴다.

꽤 오랜 시간 청연을 간호했던 설화는 청연이 깨어나는 것을 한빈보다 더 빨리 알아차린 것 같았다.

눈을 뜬 청연이 설화를 바라봤다.

“고, 고마워요, 언니.”

“이제 괜찮니?”

“네, 괜찮아요. 공자님 덕분에 살았어요.”

청연은 슬쩍 고개를 돌려 한빈을 바라봤다.

물끄러미 한빈을 바라보던 청연이 다급하게 말을 이었다.

“언니, 몸 좀…….”

“알았어.”

설화가 청연의 몸을 일으켰다.

침상에 앉은 청연은 먼저 설화에게 포권했다.

“언니, 감사해요. 제 생명을 구해 주신 거 절대 잊지 않을 게요.”

“…….”

설화는 아무 말 없이 청연을 바라봤다.

뭐, 옆에 있던 한빈도 달리 할 말은 없었다.

계속 눈을 감고 있었지만, 청연은 모든 대화를 들은 것이 분명했다.

설화가 자신을 구하기 위해 얼마나 한빈에게 매달렸는지를 청연은 알고 있는 것이다.

그녀는 이번에는 한빈에게 포권했다.

“감사합니다, 공자님.”

“흠, 다행이구나.”

한빈은 팔짱을 낀 채 청연을 살폈다.

지금 현상에 대해 추측하고 있는 중이었다.
한빈이 가장 먼저 살핀 것은 청연의 눈동자였다.
아까와는 달리 생기가 돌고 있었다.
그리고 다음에 살핀 것이 피부색이었다.
완벽하게 하얗던 얼굴에 다소 생기가 돌고 있었다.
이 모든 변화가 독의 구결을 심어 놓고 나서였다.
독의 구결을 하나 정도 쓴 것은 전혀 아깝지 않았다.
독은 언제든 회복할 수 있는 구결이었다.
시간이 지나야 회복되는 구결과는 달리, 독을 취하면 차오르는 구결이니 말이다.
생각을 이어 가던 한빈은 눈을 크게 떴다.
전생에 정의맹 서고에서 읽었던 자료가 생각난 것이다.

그것은 완벽한 독인에 대한 이야기였다.
사천당가와 백독곡에서 공동으로 연구하던 완벽한 독인.
그들은 그 독인의 신체를 공독지체(空毒之體)라 불렀다.
공독지체의 특징은 간단했다.
독이 밥이며 독이 공기였다.
그리고 독이 생기인 것이다.
어떤 독이든 흡수할 수 있으며 때에 따라서는 어떤 독이든 배출할 수 있었다.
천하제일 독을 먹고 멀쩡할 수 있으며, 천하제일 독을 언제든 쏘아 낼 수도 있는 신체.

중요한 것은 공독지체로 들어간 독은 모두 무형지독으로 변환된다는 것이다.

무형지독이라는 것은 형태가 없고 냄새도 없는 독을 뜻한다.

만약에 저 아이가 공독지체라면?

"흠."

백 년 만에 천하제일의 독인이 나타나는 것이었다.

마지막으로 공독지체가 나타난 것은 백 년 전 사천당가.

공독지체의 독인 하나로 사천당가는 백 년 전 천하제일 세가에 이름을 올렸었다.

한빈이 옅은 한숨을 쉬었다.

그 모습에 설화가 물었다.

"왜 그러세요? 공자님."

"아무것도 아니다. 그건 그렇고, 청연이라고 했지?"

한빈은 손을 흔들며 청연에게 시선을 돌렸다.

시선을 받은 청연이 말했다.

"네. 말씀하세요, 공자님."

"앞으로 어떻게 할 것이냐?"

"저, 저, 그러니까……."

청연이 말을 더듬으며 설화와 한빈을 번갈아 봤다.

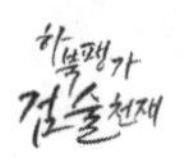

그 모습에 설화가 친근하게 말했다.

"그냥 편안히 말해. 여기가 집이라고 생각하고……."

"네, 그거예요. 제가 말씀드리려고 했던 게."

"그거라니?"

설화가 고개를 갸웃했다.

청연은 재빨리 말했다.

"여기가 집이라고 생각하고 언니와 공자님을 따르고 싶어요. 무슨 일이든 시켜 주세요."

말을 마친 청연은 손을 모았다.

설화는 답하지 않고 한빈을 바라봤다.

자신에게 답할 권한이 없다고 생각했기 때문이다.

한빈은 청연을 바라봤다.

공독지체를 가졌다고는 하지만, 완벽한 신체를 갖기까지는 이 년 반.

이 년 반이라?

어찌 보면 묘한 시점이었다.

그 시점은 한빈과 설화의 계약이 끝나는 시점이다.

운명일까?

잠시 고민하던 한빈이 입을 열었다.

"좋다, 그렇게 하자."

"네?"

놀란 설화가 다시 묻자, 한빈이 가볍게 웃었다.

"하하, 왜 그렇게 놀라? 네가 원하는 게 맞잖아, 설화야."
"그렇게 쉽게 결정을 내리실 줄은 몰랐거든요."
"대신!"
한빈이 짧게 외치자, 설화와 청연이 동시에 표정을 굳혔다.
그 모습에 피식 웃은 한빈이 말을 이었다.
"나와 설화를 위해서 무엇을 할 수 있지?"
"……."
청연은 아무 말 없이 한빈을 바라봤다.
하지만 눈동자는 쉴 새 없이 움직였다.
지금 정답을 찾고 있는 것이었다.
한참을 고민하던 청연이 입을 열었다.
"저, 밥은 잘해요."
"아, 밥을 잘하는구나……."
"청소도 잘해요."
"그래, 청소도……. 내가 기억해 주마."
"그리고……."
"그만하면 됐다. 앞으로 설화를 잘 따라야 한다."
한빈의 말에 긴장의 끈이 풀린 듯 청연과 설화가 동시에 한숨을 쉬었다.
"휴……. 감사합니다, 공자님!"
"고마워요, 공자님!"

둘이 동시에 외쳤다.

한빈은 뒤돌아서서 품속의 은침을 확인했다.

아무래도 적혈맹호대 대원들에게 은침을 나눠 줘야 할 것 같아서였다.

완벽한 공독지체를 이루기까지 시간이 남았다고 하지만, 공독지체를 가진 청연이 해 주는 밥을 먹는 데는 은침이 필수일 것 같았다.

그때 청연이 다급히 한빈을 불렀다.

"공자님."

"응, 왜 그래?"

한빈이 발길을 멈추고 힐끔 돌아봤다.

청연이 조심스럽게 입을 열었다.

"저, 전에 쓰던 이름을 버려도 될까요?"

"이름이라?"

한빈이 눈매를 좁히자 청연이 진지한 표정으로 말을 이었다.

"언니 이름 따라서 청화라고 하고 싶어요."

"맘대로."

한빈이 짧게 답하며 방을 빠져나갔다.

하지만 한빈의 입가에는 옅은 미소가 피어났다.

그녀가 과거로부터 도망가기 위해 이곳에 머무르는 것이 아니라, 설화를 진짜 언니처럼 느끼는 것 같았다.

그날 오후.

한빈은 대충 끼니를 때우고 연무장에 섰다.

슬쩍 연무장을 둘러보니, 대공자 팽혁빈은 아직 오지 않은 것 같았다.

한빈은 혼원보에 대해서 몇 가지 가정을 해 보았다.

혼원벽력도가 강호에 흩어진 용린검법의 흔적이라고 했다.

그렇다면 그 기본 무공도 비슷하지 않을까?

돌다리도 두드려 가면서 가라.

가까운 길도 돌아가라는 속담도 있지만, 지금 상황에는 어울리지 않았다.

돌다리가 의심스러우면 뛰어넘으면 되고.

가까운 길은 함정에 걸리지 않게 눈 깜짝할 사이에 빠져나가면 될 터였다.

지금이 그렇다는 이야기였다.

한빈은 조용히 구걸십팔보를 바라봤다.

[융합편]

[구걸십팔보 - 개방 최고의 경공술. 용린의 기운을 담고 있는 무공입니다. 용린검법의 구결 중 속(速)을 사용하여 효과를 높일 수 있습니다.]

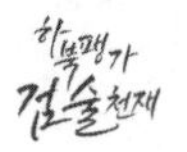

비급에 나와 있는 설명대로 이제까지는 속의 구결만 사용했다.

만약 다른 구결을 사용해서 구걸십팔보를 펼친다면?

고민은 길지 않았다.

한빈은 실력편의 다른 구결을 사용해서 구걸십팔보를 펼쳤다.

얼마나 지났을까?

한빈이 내디디는 걸음에 힘이 실리기 시작했다.

팡. 팡.

때마침 도착해 한빈에게 다가가려던 팽혁빈의 눈이 커졌다.

한빈을 바라보던 팽혁빈의 눈빛이 떨렸다.

그의 눈빛에 담긴 감정은 조금 복잡했다.

그것은 한빈이 펼치고 있는 혼원보 때문이었다.

혼원보를 혼원벽력도의 기본이라 생각하며 몇 년 동안 수련하는 이유는 무엇일까?

그것은 혼원벽력도의 힘을 온전히 버텨 줄 정도로 하체를 단련해야 하기 때문이었다.

여기서 하체라 함은 발바닥과 발목 그리고 관절 등 하체의 모든 부분을 뜻한다.

혼원보를 익히면 그 힘을 감당할 하체를 갖게 된다.

그 힘을 온전히 옮길 수 있는 걸음걸이를 익히게 되는 것이다.

그래서 최소 삼 년이라는 시간이 필요한 것이다.

아무리 천재라도 혼원보를 하루 만에 익히지 못한다.

신체가 변해야만 완벽한 혼원보를 익혔다고 할 수 있는데, 그 신체의 변화가 하루 만에 찾아온다고?

환골탈태가 아니고서는 불가능했다.

팽혁빈은 소매로 눈을 비볐다.

쓱쓱.

한참을 비비던 팽혁빈은 다시 한빈이 펼치는 혼원보를 바라봤다.

팡. 팡.

한빈이 디디는 걸음이 만들어 내는 파공성이 귓가에 울린다.

잘못 본 것이 아니라는 이야기였다.

이 장면을 가주인 팽강위에게 말한다면 그는 믿을까?

아마 말할 수도 없을 것이다.

한참을 보던 팽혁빈은 고개를 갸웃했다.

자신이 펼치는 혼원보와는 뭔가 다르다는 것을 느꼈기 때문이었다.

처음에 보았을 때와는 조금 동작이 달라졌다.

한빈이 펼치는 혼원보는 조금씩 변화하고 있었다.

처음에는 자신과 똑같았는데, 점점 달라지는 한빈의 혼원보.

팽혁빈은 잠시 망설였다.

한빈의 혼원보를 바로잡아 주어야 하나를 고민한 것이다.

처음에는 어떤 깨달음 덕분에 자신과 똑같은 동작을 펼쳤지만, 시간이 지나면 지날수록 자세가 흐트러지는 것이라 판단했다.

팽혁빈은 조심스럽게 한빈에게 다가갔다.

그러고는 한빈으로부터 다섯 걸음 떨어진 곳에 자리 잡았다.

힐끔 한빈을 바라본 팽혁빈이 막 입을 열려고 할 때였다.

팡!

한빈이 내디디는 진각이 다시 파공성을 냈다.

태산을 압도할 정도의 기세.

팽혁빈은 눈을 가늘게 떴다.

한빈의 동작이 자신이 펼치는 혼원보보다 더 자연스러웠기 때문이다.

한참을 보던 팽혁빈의 입가에는 미소가 번졌다.

무인으로서의 본능이 발동된 것이다.

무공이라는 것은 물 흐르는 대로 가는 것이 이치였다.

물이 위에서 아래로 흐르듯, 무공도 자연의 현상을 거스를 수는 없었다.

아무 말 없이 한빈이 펼치는 혼원보를 바라보던 팽혁빈은 조용히 눈을 감았다.

그러고는 한빈이 펼치는 혼원보와 자신의 동작을 머릿속에 그려 봤다.

쓰윽.

자연스럽게 팽혁빈의 발이 움직였다.

처음에는 자신의 동작이었다.

이제는 변화를 주어야 했다.

움찔.

선입견이 그의 동작을 막았다.

십 년이 넘게 혼원보를 수련해 온 자신이었다.

하루밖에 안 된 한빈의 동작이 과연 무공의 이치에 맞을까?

한빈이 보여 준 자연스러움은 자신의 착각이 아닐까?

고민도 잠시, 다시 팽혁빈의 발이 움직였다.

쓰윽.

혼원보를 수련한 지 하루밖에 안 된 동생이라는 선입견을 잊기로 한 것이었다.

그것을 잊자 다리가 자연스럽게 움직였다.

팡!

팽혁빈의 진각이 파공성을 냈다.

내디디는 걸음걸이에 전보다 더 힘이 실렸다.

팡!

팽혁빈은 머릿속에 그린 한빈의 동작을 따랐다.

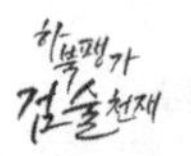

이제는 조금의 의심도 없었다.

팡!

태산이 울릴 것 같은 기세가 걸음걸이에서 뿜어져 나왔다.

얼마나 지났을까?

팽혁빈은 무아지경에 빠져 눈을 감고 연무장을 누볐다.

자신을 한계까지 밀어붙이며 연무장을 누비던 팽혁빈이 눈을 뜬 것은 반 시진이 지나서였다.

팽혁빈은 그제야 자신의 실책을 깨달았다.

동생에게 깨달음을 주기 위해 혼원보를 가르쳐 준 것인데, 동생은 까마득하게 잊고 연무장을 누빈 것이 기억난 것이다.

팽혁빈은 멋쩍은 표정으로 한빈을 찾았다.

두리번거리던 그의 시선이 연무장 가장자리에 멈췄다.

동생 한빈이 조용히 먼 산을 바라보고 있었던 것이다.

팽혁빈의 눈빛이 살짝 흔들렸다.

먼 산을 바라보는 한빈의 행동이 마치 득도한 고승처럼 느껴졌다.

저렇게 먼 산을 바라보고 있는 것은 과연 무슨 이유 때문일까?

팽혁빈은 지금 한빈의 모습이 깨달음을 방해받아 허탈해하는 모습이라 판단했다.

자신이 연무장을 누볐으니 한빈은 슬그머니 자리를 피해

줬을 것이었다.

팽혁빈은 뒷머리를 긁적이며 한빈을 향해 다가갔다.

물론 한빈이 보고 있는 것은 먼산이 아니었다.

[혼원벽력도의 기본 무공 혼원보를 획득하셨습니다.]

한빈은 기분 좋은 문구를 확인하고 있었다.

그는 구걸십팔보에 여러 가지 구결을 혼합해 보았다.

속(速)이 아닌 체(體)를 사용해 보기도 했고.

체에서 심(心)으로 바꿔 보기도 했다.

결국 해답을 찾은 것이 력(力)이었다.

가장 놀라운 것은 력을 적용하자, 시야에 가상의 투로가 보였다는 것이었다.

혼원벽력도를 펼칠 경우를 가정한 투로가 명확하게 나타났다.

덕분에 그 투로를 따라 연무장을 누빌 수 있었다.

모든 것이 심화편의 성취라 글귀에는 나타났다.

그렇게 혼원보를 완벽하게 익히고 나자, 옆쪽에서 파공성 소리가 들려왔다.

옆을 보니 팽혁빈이 혼원보를 펼치고 있었다.

그런데 어제와는 다른 투로와 느낌으로 진각을 밟고 있는 것이 아닌가?

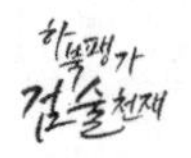

한빈은 그 모습을 보고 자신의 혼원보를 유추할 수 있었다.

한빈은 팽혁빈의 수련을 방해하지 않고 조용히 연무장의 가장자리로 빠져 자신의 깨달음을 정리했다.

그 깨달음의 끝에 나온 것이 지금의 글귀였다.

한빈이 기분 좋게 글귀를 바라보고 있을 때였다.

갑자기 고요해진 주변에 옆을 바라봤다.

그곳에는 팽혁빈이 뒷머리를 긁적이며 다가오고 있었다.

한빈이 가볍게 고개를 숙였다.

"오셨습니까? 형님."

"오긴 아까 왔는데……."

살짝 말을 얼버무리는 팽혁빈.

한빈은 웃으며 말을 이었다.

"형님께 혼원보를 마저 배워야겠지요."

"아우님, 지금 놀리는 건가?"

"놀리다니요?"

"아우가 펼친 혼원보는 완벽에 가까웠네. 덕분에 내 혼원보를 수정할 수 있었고. 그런데 내게 배울 것이 있다고? 하하."

기분 좋게 웃는 팽혁빈.

한빈은 어깨를 으쓱하며 말을 이었다.

"하루 만에 익힌 혼원보입니다. 어찌 완벽할 수 있겠습니까?"

물론 빈말이었다.

자신의 혼원보가 완벽하다는 것은 비급이 말해 주고 있었으니까.

순간 팽혁빈의 표정이 진지하게 바뀌었다.

"한빈아."

"네, 형님."

"나한테는 솔직하게 이야기해 줬으면 좋겠구나."

"……."

한빈은 아무 말 없이 팽혁빈을 바라봤다.

팽혁빈은 감정 없는 시선으로 물었다.

"너는 내가 알던 막내 팽한빈이 맞는 것이냐?"

"아."

한빈은 탄성을 터뜨렸다.

어떤 질문이 나올까 궁금했는데, 가장 원초적인 물음을 던진 것이다.

사실 한빈은 웃음이 터져 나오려는 것을 겨우 참았다.

긴 탄성의 끝에 한빈이 말을 이었다.

"제가 아니면 누굴까요? 이렇게 귀엽고 솔직한 동생이 어디 있겠습니까?"

한빈이 너스레를 떨자, 팽혁빈의 표정이 더욱 진지해졌다.

"내가 봤던 네 마지막 모습은 사 년 전이었다. 그때는 약해빠진 모습이었지. 내가 약하다고 한 것은 육체가 아닌 정신

이었다. 사실 나는 그 당시 강호행을 나가며 네가 걱정이 되었단다."

"……."

"둘째와 셋째의 등쌀에 견뎌 낼까 하고 말이다. 그런데 돌아와 보니 전혀 다른 네가 있더구나. 거기까지는 기연이라 여기고 고개를 끄덕일 수도 있겠지. 그런데 혼원보를 하루 만에 익히는 것은 이해가 안 되는구나."

"형님."

"말해 보아라. 어떤 말이든 믿겠다."

"기연이라 생각해 주시면 안 되겠습니까?"

"기연이라……."

"일단 비무 한 판 어떻습니까?"

한빈이 씩 웃으며 수련용 병장기가 있는 곳으로 걸어갔다.

당연히 허락할 것이라는 듯 말이다.

팽혁빈이 호탕하게 웃었다.

"하하! 머리를 식히는 데는 비무가 최고지."

"네, 그 말이 맞죠."

"어쨌든 고맙다, 아우야."

"별말씀을요. 형님이 아니었다면 혼원보의 오의를 깨치지 못했을 겁니다."

이건 진심이었다.

팽혁빈이 혼원보에 대해 설명해 준 덕분에 한빈이 구걸십팔보를 통해 완벽한 보법을 찾을 수 있었으니까.
둘은 각자 병장기를 잡고 기수식을 취했다.
연무장에 불어오는 바람이 오늘따라 부드럽게 느껴지는 것은 왜일까?
착각은 아니었다.
그들의 기세가 그러했으니…….
팽혁빈이 달려들었다.
팡! 탁!
한빈이 바람처럼 날아오는 팽혁빈의 공격을 막으며 한 바퀴 돌았다.
그러고는 상대에게 생각할 틈을 주지 않고 옆구리를 찔렀다.
획!
한빈의 공격을 빙그르 돌며 피한 팽혁빈이 외쳤다.
"좋구나, 좋아. 오늘은 비무에 취해 보자!"
"네, 좋습니다."

해가 긴 그림자를 만들어 냈을 때도 그들의 칼은 멈추지 않았다.
그 결과.

[용안(龍眼)으로 구결을 확인합니다.]

[인급(人級) 구결 부(婦)를 획득하셨습니다.]

한빈은 팽혁빈을 통해 또 하나의 구결을 얻을 수 있었다.

완성하지 못한 초식은 두 개.

인급 초식은 이제 두 개의 구결만 더 있으면 완벽한 초식으로 변할 것 같고, 지급은 세 개의 구결이 남은 상태.

[인급(人級) – 부(夫), 부(婦)]

[지급(地級) – 만(滿)]

한빈이 구결을 확인하고 있을 때였다.

갑자기 팽혁빈이 기침을 하기 시작했다.

"쿨럭!"

기침 소리가 내공이 실린 것처럼 연무장에 울렸다.

딱 봐도 보통 증세는 아닌 듯.

한빈은 재빨리 팽혁빈에게 달려갔다.

"형님."

팽혁빈은 한빈이 다가오자 고개를 돌리며 기침을 했다.

"쿨럭!"

이번에는 그의 입에서 피가 한가득 튀어나왔다.

그 모습에 한빈이 물었다.

"괜찮으십니까?"

"……."

팽혁빈은 손을 내저었다.

호흡을 가다듬었다.

한동안 심호흡을 하던 팽혁빈이 고개를 들었다.

그러고는 미안한 표정으로 말을 이었다.

"못난 꼴을 보여 미안하구나. 조절을 하지 못한 내 탓이다."

"대체 무슨 일이십니까? 솔직하게 말해 주시죠, 형님."

한빈은 팽혁빈에게 다가가 용태를 살폈다.

팽혁빈은 손바닥을 보이며 한빈을 만류했다.

"괜찮다고 해도. 너는 신경 쓰지 않아도 된다."

"제가 한마디만 하겠습니다."

"……."

"우연일지는 몰라도 형님께 완벽한 혼원보를 알려 드렸죠?"

"……."

"그건 분명히 무인의 관계에서는 은인입니다."

"……."

"형님은 그 은혜를 제게 빚진 것이고요."

"그래, 그건 인정하마."

팽혁빈은 그제야 답했다.

그 모습에 한빈이 진지한 표정으로 말을 이었다.

"그럼 그 빚, 지금 갚으시죠."

"빚을 갚다니……."

"제가 형님의 완맥 한번 잡아 보겠습니다."

"허허."

"빚을 지고 그냥 입을 씻으실 겁니까?"

"허허."

"제가 의원은 아니지만, 살펴볼 권리는 충분히 있는 것 같습니다."

"마음대로 하여라."

팽혁빈은 포기한 듯 오른팔을 내밀었다.

한빈은 재빨리 그의 완맥을 틀어쥐었다.

누가 보면 독수리가 먹이를 낚아채는 것 같다 오해할 정도의 속도였다.

그만큼 한빈의 마음이 급했던 것이다.

한빈은 청연, 아니 지금은 이름을 바꾼 청화에게 했던 것처럼 진기를 흘려 넣었다.

뭐지?

한빈은 눈이 커졌다.

묘한 글귀가 나타났기 때문이었다.

[용린검법의 인연으로 이어진 자입니다.]

이것은 한빈의 혼원보를 팽혁빈이 배웠기 때문인 것 같았다.

사실 이제까지 용린검법으로 이어진 자의 혈맥을 관찰한 적은 없었다.

아마도 하남정가나 적혈맹호대를 관찰해도 이런 글귀가 나올 것이 분명했다.

진기를 흘려보낸 한빈은 이 글귀의 의미를 알 수 있었다.

팽혁빈의 혈도가 생생하게 눈앞에 펼쳐졌기 때문이었다.

마치 자신의 혈맥을 꺼내 눈앞에 펼쳐 놓은 것 같은 기분이었다.

만약에 이런 상황이라면 한빈이 천하제일 명의라는 헛소문이 진실이 될 판이었다.

놀람도 잠시, 한빈은 천천히 자신의 진기를 돌렸다.

소주천의 경로를 따라 자신의 진기를 돌린 것이었다.

한빈은 완맥에서 손을 떼고 팽혁빈을 바라봤다.

"혹시, 형님의 상태를 아십니까?"

"음."

살짝 침음을 토하는 팽혁빈의 모습에 한빈이 다시 말을 이었다.

"아시는 게 있으면 모두 말씀해 주시죠, 형님."

"솔직히 지금의 병을 알게 된 것은 우리 가문에 돌아오고 나서였다. 그러니까……."

팽혁빈이 설명을 이어 나가자 한빈은 눈을 크게 떴다.

설명은 간단했다.

강호를 누비다 보니 혈맥에 문제가 있다는 것을 알게 된 것이었다.

그저 몸에 문제가 있겠거니 하다가, 하남정가와 정화 부인을 일을 듣고 나서 몸을 살피게 되었다는 이야기였다.

그리고 가문에 다시 돌아온 순간, 자신의 몸을 약하게 만든 것이 독이라 확신했다고 한다.

하지만 모든 것은 추측.

자신의 몸에 은침을 찔러도 색은 변하지 않았다고 했다.

결론은 독은 아니었다.

의심은 가지만, 도저히 원인을 알 수 없이 계속 몸이 약해지고 있던 것이었다.

팽혁빈은 잠시 숨을 돌리며 심호흡을 했다.

"휴."

그 모습에 한빈이 뭔가 생각난 듯 끼어들었다.

"오해는 아닐 겁니다. 형님이 강호행을 나가시기 전 음식을 누가 챙겼는지를 생각해 보면 간단하죠."

"그래, 나도 그렇게 생각한다. 사 년 전 강호행을 나가기 전까지 음식을 담당하는 것은 정화 부인이었으니까 말이다."

"네, 가장 의심스러운 사람은 정화 부인입니다. 하지만, 지금은 그것이 중요한 게 아니죠."

"네 말이 맞다."

"네, 지금 적은 정화 부인이 아니라 이 병의 원인입니다."

"나도 그렇게 생각한다. 하지만, 적을 알아야 헛손질이라도 할 수 있는 법. 내 몸을 이렇게 만든 원인조차 알 수가 없구나."

"……."

"사실 가문에 오기 전에 성수신의 이의명 어르신을 만났단다."

한빈은 눈을 가늘게 떴다.

성수신의 이의명이라면?

강호에서 신의라는 칭호를 받는 인물은 딱 두 명이었다.

그중 한 명이 바로 이의명. 다른 한 명은 마교에 있다.

아무리 마교의 인물이라고 해도 사람을 살리는 데는 물불을 안 가리는 생사신의를 두고 신의의 칭호에 대해 왈가왈부하는 자는 없었다.

두 명의 신의 중 한 명을 만났는데도 이 상태라는 것은?

한마디로 치료가 불가능한 병이라는 것이다.

한빈이 재빨리 물었다.

"신의 어르신이 뭐라 하시던가요?"

"혈맥이 죽어 가고 있다고 했다. 마치 구음절맥과도 같다고."

"구음절맥은 아니지 않습니까? 탁기가 혈맥을 막는 데 반

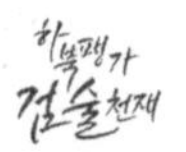

해, 형님의 혈맥은 정상입니다."

"그건 신의께서도 이야기하셨다. 한 달 뒤에 방도를 알려 준다고 했지."

"한 달이라……."

"그런데, 갑자기 사라지셨다."

"사라지셨다고요?"

한빈은 눈을 크게 떴다.

"그래, 약초를 캐러 가셔서 소식이 없다고 하는구나. 그 어르신이야 약초를 캐러 가시면 가끔 몇 년 동안 소식이 끊기기도 하는 분이 아니더냐?"

"네, 그건 그렇죠."

한빈은 고개를 끄덕였다.

한참을 고개만 끄덕이던 한빈이 눈빛을 바꾸었다.

이제부터 본론을 이야기해야 하기 때문이었다.

하지만 걱정이 앞서는 한빈이었다.

신의까지 만나고 온 팽혁빈이 과연 자신의 말을 믿을까?

믿는다고 해도 아직 방법은 없었다.

한빈이 말했다.

"형님은 독에 당하신 것이 맞습니다."

"독이라? 신의조차도 독이라는 판정은 못 내렸는데……."

"그건 당연합니다. 피에 섞이는 것이 아니라 혈맥의 외관에 붙어 그 외관을 갉아 먹는 독입니다. 그러니 은침으로 피를 검사해 봐도 멀쩡한 것이지요."

"그런 독이 있단 말인가?"

"말하자면 좀 길지만, 남방의 독초에 그런 성분이 있다고 합니다. 독초라고 해서 그냥 독이 아닙니다. 말하자면 조그마한 벌레에 가깝습니다. 그 벌레가 혈맥의 외관에 붙어 피에는 섞이지 않으니까요. 오래전에 사라졌다는 혈교에서 쓰던 고독(蠱毒) 중 하나인 혈고처럼요."

말을 마친 한빈은 잠시 하늘을 올려다봤다.

사실 독에 대한 지식은 지난번 천독과의 대결 이후 더욱 해박해졌다.

독에 대해서 공부를 했다는 것이 아니었다.

독(毒)의 구결을 흡수하며 알 수 없는 지식까지 같이 딸려왔다고 해야 맞을 것이었다.

아니면 용린검법에 속한 지식을 독의 구결이 깨웠든가 말이다.

어쨌든 그 이후 독에 대한 지식이 늘어 신의도 알아차리지 못한 팽혁빈의 병을 이렇게 밝혀낸 것.

문제는 아직 한빈도 치료법을 모른다는 점이다.

혈맥의 안쪽이라고 한다면 충분히 내공으로 점차 태울 수 있겠지만, 혈맥의 외관이면 얘기가 달라질 수밖에 없었다.

사실 이렇게 원인을 밝힌 것만 해도 대단한 것이었다.

한빈이 불어 넣은 용린의 기운에 혈고가 반응했기에 원인

을 찾을 수 있었다.

만약 혈고가 눈치채지 못하게 조용히 있었다면, 원인조차도 영영 밝히지 못했을 것이었다.

한빈의 표정을 본 팽혁빈이 작게 웃었다.

"하하."

"이제부터라도 무리하시면 안 됩니다."

"그냥 누워 있다가 떠나는 것보다는……."

한빈이 재빨리 말을 끊었다.

"혹시 무인의 혈맥이 어떻게 생겼는지 보신 적 있습니까?"

"……."

"그건 마치 장기와도 같습니다. 그냥 간단히 말하겠습니다. 순대에 내용물을 계속 쑤셔 넣다 보면 약한 곳은 터지겠죠. 형님의 상황이 마치 그것과 같습니다."

"하하, 그렇다면 치료 방법은 없겠구나."

포기하는 듯한 팽혁빈의 표정에 한빈이 물었다.

"왜 웃으십니까?"

"다행이라는 생각이 들어서 그런다."

"다행이라니 그게 무슨 말씀입니까?"

"내가 죽기 전에 너 같은 천재에게 가문을 맡길 수 있어서 말이다."

"그건 형님의 착각입니다."

한빈이 못마땅한 듯 말하자 팽혁빈이 웃었다.

"그럼 천재가 아니라는 말이냐?"
"제가 왜 가문을 맡는다고 생각하십니까?"
"그야, 소가주 후보 중 하나가 없어지면 당연히……."
"그게 선입견입니다. 제가 가주가 되고 싶어 하는 이유가 뭐라고 생각하십니까? 형님."
"그야, 우리 가문이 가진 권력과 금력을 원하는 것이 아니더냐?"
"아닙니다. 권력까지는 몰라도 금력은 아닙니다. 그리고 제가 원하는 가문은 힘 있는 가문입니다. 그 힘 중 하나가 형님이지 않습니까?"
"……."
"힘없는 가문의 가주가 된다는 것은 힘이 아니라 짐을 짊어지는 것과 같습니다."
말을 마친 한빈이 가볍게 웃었다.
이것은 진심이었다.
팽혁빈은 한빈이 의외라는 듯 헛기침했다.
"흠."
"가문을 저에게 맡기시려면 형님이 회복하셔야 할 겁니다."
"허허."
팽혁빈은 어이가 없는 듯 웃었다.
막냇동생인 한빈이 이렇게 직설적으로 얘기할 줄 몰랐기

때문이었다.

그렇다고 한빈의 얘기 중 논리에서 벗어난 점은 없었다.

거기에 마지막 말에는 팽혁빈을 포기하지 않겠다는 신념이 담겨 있었다.

팽혁빈은 놀라운 감정과 미안하면서도 고마운 마음에 가슴이 저려 왔다.

하지만 자신의 병은 희망이 없다는 점이 문제였다.

이렇게 무리하면서까지 한빈에게 무공을 전하려한 것은 마음이 급하기 때문이었다.

팽혁빈은 사실 한빈이 마음에 들었다.

그것은 한빈이 약자로서 살아온 경험이 있기 때문이었다.

강자가 아닌 약자의 시각에서 가문을 본다면 위부터 아래까지 고르게 살필 수 있을 것이었다.

그때였다.

한빈이 갑자기 박수를 쳤다.

짝!

그 소리에 놀란 팽혁빈이 물었다.

"왜 그러느냐?"

"방법이 있습니다. 독을 싹 훑어 낼 방법 말입니다."

"……."

팽혁빈은 아무 말 없이 한빈을 바라봤다.

신의도 찾지 못한 방법을 눈 깜짝할 사이에 찾아낸다고?

하지만 괜한 희망이 생기는 것은 왜일까?

아무리 천재라도 삼 년이 걸려야 한다는 혼원보를 하루 만에 익힌 동생이었다.

아니, 그냥 익힌 것이 아니라. 혼원보의 불완전한 부분까지 보충한 천재가 바로 동생이었다.

그가 지금 방법이 있다고 말하고 있었다.

팽혁빈의 눈빛에 옅은 욕망이 감돌았다.

그것은 삶에 대한 본능.

그 표정을 본 한빈이 못을 박듯 말했다.

"제게 맡기시죠, 형님. 대신 대가는 나중에 톡톡히 받겠습니다."

"그래, 부탁하마."

팽혁빈이 고개를 끄덕였다.

그날 밤.

팽혁빈은 한빈의 처소에 누워 있었다.

다른 이들에게는 비밀이었다.

그는 모든 것을 한빈에게 맡겼다.

완맥을 맡긴 것이 아니라, 수혈을 찍힌 상태에서 잠들어 있는 것이다.

이것은 사실상 생명을 맡기는 행동.
팽혁빈은 모든 것을 동생에게 건 것이었다.
팽혁빈이 쌔근대며 잠들어 있을 때, 한빈은 그를 바라보고 있었다.
한빈이 가장 먼저 쓴 방법은 기사회생.
하지만 팽혁빈의 상태는 좋아지지 않았다.
구 할은 회복했지만, 혈맥의 외관에 붙어 있는 혈고(血蠱)는 죽이지 못했다.
다만 약해질 대로 약해져 너덜거리던 혈맥만을 회복시켰을 뿐이었다.
이제 두 번째 치료 방법을 써야 했다.
한빈은 손가락을 튕겼다.
동시에 문이 열렸다.
덜컹.
문이 열리고 들어온 이는 바로 설화와 청화였다.
청화는 설화의 뒤를 따라 조심스럽게 들어왔다.
한빈은 설화에게 말했다.
"아무도 들어오지 못하게 부탁한다, 설화야."
"네, 공자님."
설화는 침과 우혈랑검을 한빈의 옆에 두고 자리에서 사라졌다.
사사-삭.

아마 한빈의 처소를 맴돌고 있을 것이었다.

한빈은 청화를 바라봤다.

키는 설화보다 크지만 갓 태어난 것처럼 얼굴은 어려 보였다.

몸이 공독지체로 변하면서 갖게 된 외모였다.

옛날 모습 그대로 설화에게 언니라고 했다면 지나가던 사람들이 고개를 갸웃했겠지만, 지금은 언니라는 호칭이 어느 정도 어울렸다.

대충 청화를 살핀 한빈이 말했다.

"이쪽에 앉아 완맥을 잡아라, 청화야."

"그냥 잡고만 있으면 되나요? 공자님."

"그래, 그리고 어떤 일이 있어도 놀라지 말아라. 너에게는 기연이고 우리 형에게는 천운이니까."

"네. 알겠습니다, 공자님."

청화는 메마른 목소리로 고개를 끄덕였다.

청화가 팽혁빈의 오른쪽 혈맥을 잡은 상태에서, 한빈은 왼쪽 손목을 통해 진기를 흘려보냈다.

지난번에도 느낀 것이지만, 혈고는 용린의 기운에 미친 듯이 반응했다.

혈고는 원래 진기에 반응하기 마련이지만, 용린의 기운에 반응하는 모습은 거의 광적인 수준이었다.

사실, 이렇게 진기에 반응하는 성질 때문에 팽혁빈이 화경

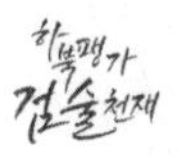

에 이를 수 있었다.

운기의 속도를 혈고가 높여 주고 있었던 것이었다.

한빈은 이것에 대해서도 파악한 상태.

그것을 이용하는 것은 차후 문제고, 지금은 혈고를 빨리 제거하는 것이 중요했다.

한두 마리도 아니고 혈관에 붙어 있는 수백 마리의 혈고를 제거할 수 있을까?

일단은 해 봐야 했다.

한빈이 진기를 흘려 넣자, 혈맥을 따라 혈고가 움직이기 시작했다.

스르륵, 스르륵.

혈관이 요동치는 미세한 소리가 한빈의 귓가에 울렸다.

이것은 혈고의 움직임 때문이었다.

한빈은 계속 진기를 돌렸다.

스르륵.

어느 정도 혈고가 모이자, 육안으로도 혈고의 움직임이 보이기 시작했다.

왼팔과 연결된 혈맥에 모이던 혈고가 오른팔 쪽으로 이동했다.

피부가 불룩불룩 솟아오르는 모습은 한빈도 예상하지 못한 모습이었다.

노도처럼 오른팔로 몰아치는 혈고.

한빈은 재빨리 우혈랑검을 잡고 팽혁빈의 오른쪽 손목을 그었다.

서걱.

팔목이 잘릴 정도는 아니지만, 제법 깊숙한 상처.

그 상처를 통해 검은색 액체가 튀어나왔다.

한빈이 외쳤다.

"청화야, 상처를 잡아라!"

한빈이 낸 상처를 통해서 나오는 검은 액체는 기괴했다.

마치 살아 있는 듯 꿀렁이고 있었다.

청화는 무표정하게 답했다.

"네, 공자님."

대답을 마친 청화가 재빨리 그 상처를 지혈하듯 움켜잡았다.

다른 이라면 놀라 벌벌 떨었겠지만, 청화는 어릴 적부터 많은 독을 경험하며 자란 독인이었다.

혈고가 살아 있다는 독충이라고는 해도, 그녀의 눈에는 귀여운 벌레에 불과했다.

게다가 공독지체라는 체질은 혈고를 보며 입맛까지 다시게 만들었다.

한빈은 팔목을 쥔 상태에서 상황을 살폈다.

팽혁빈의 상태뿐 아니라 청화의 상태도 세심하게 살폈다.

역시 한빈의 예상대로였다.

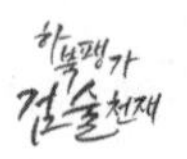

팽혁빈의 몸에서 나온 혈고가 청화의 손에 흡수되듯 빨려 들어갔다.

청화의 얼굴색이 점점 생기를 찾았다.

공독지체가 된 청화의 상태는 지금 갓 태어난 아기와도 같다.

청화는 우유 대신 독을 양분 삼아 성장하고 있는 것이었다.

그때였다.

넘실거리며 청화의 손에 빨려 들어가던 혈고가 통제를 벗어났고, 혈고는 팽혁빈의 피부를 감싸기 시작했다.

혈고가 피부를 감싸자, 팽혁빈의 팔은 점점 검은색으로 변했다.

한빈은 그 모습에 혈고의 특성을 알 수 있었다.

빼내는 데 성공해도 바로 처리를 못 한다면 피부를 썩게 만드는 것이었다.

이대로라면 팽혁빈의 오른팔은 잘라 내야 할 터였다.

한빈은 재빨리 진기를 보내 혈고를 끌어당겼다.

순간 혈고들이 팽혁빈의 손목을 타고 다시 한빈에게 들어왔다.

동시에 한빈의 시야에 글귀가 나타났다.

[독에 대한 이해도가 높아졌습니다. 만독지체에 한 걸음 다가섰습니다.]

물론 말만 만독지체에 다가섰다는 것은 아니었다.

[독(毒) : 삼십(三十)]

독의 구결도 추가되어 삼십 개가 되었다.
비급이 나타내는 글귀를 확인할 수 있다는 것은 상황이 끝났다는 것.
이제 남은 것은 우혈랑검으로 끊어 놨던 팽혁빈의 손목이었다.
한빈은 재빨리 기사회생을 썼다.
동시에 흘러나오던 피가 멈추고 상처가 조금씩 아물기 시작했다.
그 모습을 보던 청화가 시선을 한빈에게 돌렸다.
마치 신선을 보는 것 같은 표정으로 한빈을 바라보는 청화.
청화는 한참을 머뭇거리다 한빈에게 물었다.
"공자님."
"왜 그러느냐?"
"공자님은 신선이십니까?"
"……."
한빈은 어이없다는 표정으로 청화를 바라봤다.

생각보다 오해의 정도가 심각한 것 같았다.

한빈이 나지막한 목소리로 불렀다.

"청화야."

"네, 공자님."

"이상한 오해는 하지 말고 궁금한 게 있으면 설화에게 잘 물어보는 게 좋을 것 같다, 청화야."

"네. 명심할게요, 공자님."

한빈의 말에 청화가 고개를 끄덕였다.

그러고는 속으로 결론을 내렸다.

'역시, 신선이 아니라 생불이셨어.'

정신이 들고 가장 궁금했던 것이 한빈의 정체였다.

그때 설화는 이렇게 말했다.

마을 사람 중에 몇몇은 한빈을 생불로 부른다고 말이다.

치료를 마친 한빈은 한숨을 내쉬었다.

"휴."

심호흡한 한빈은 팽혁빈의 상태를 살폈다.

치료 전과 마찬가지로 곤히 잠들어 있었다.

혈맥의 외관에 붙어 있는 혈고라는 놈은 일부분 제거됐지만, 겉으로는 전과 다름없었다.

이제 혈도만 풀면 잠에서 깨어날 것이었다.

팽혁빈의 상태를 확인한 한빈은 이번에는 청화를 바라봤다.

청화의 얼굴에는 살짝 생기가 돌고 있었다.

오늘의 치료를 복기했다.

의원은 아니지만, 자신의 진기와 공독지체를 가진 청화를 이용해 팽혁빈을 치료하는 데 성공한 것이었다.

물론 완벽한 치료는 아니었다.

제거된 혈고는 정확히 삼 분의 일.

완벽한 공독지체는 아니었기에 하루에 흡수할 수 있는 독의 양이 정해진 것이었다.

밥도 무한정 먹을 수는 없는 법이 아니던가.

청화가 흡수하는 독의 양도 비슷했다.

시간이 문제지, 치료는 문제가 없었다.

이제 이틀만 지나면 팽혁빈은 완벽해질 터였다.

⁂

이틀 뒤 한빈의 처소.

팽혁빈이 계속 이곳에 있었던 것은 아니었다.

그는 이틀간 이곳에 와서 치료를 받았다.

오늘은 한빈이 말한 마지막 날이었다.

이전과 마찬가지로 오늘도 잠이 들었다.

톡톡.

누군가 어깨를 두드렸다.

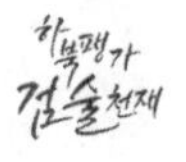

치료가 끝나고 한빈이 수혈을 푼 것 같았다.

눈을 뜨자 팔짱을 끼고 자신을 바라보는 한빈의 모습이 보였다.

한빈이 활짝 웃으며 말을 건넸다.

"정신이 드십니까?"

"그래, 한숨 푹 잔 것 같구나."

"푹 쉬셨으니 비무 한 판 어떻습니까?"

"하하, 막내야!"

팽혁빈이 호탕하게 웃자 한빈이 고개를 갸웃했다.

"왜, 싫으십니까?"

"그게 아니라, 지금 보니 네가 가장 팽가다운 기개를 지녔구나."

"그게 무슨 말씀이죠? 형님."

"호랑이는 토끼를 사냥할 때도 방심하는 법이 없다고 하지 않느냐? 네 마음가짐이 호랑이 같다는 말이다."

"뭐, 칭찬으로 듣겠습니다."

말을 마친 한빈은 씩 웃으며 손가락을 튕겼다.

딱!

그 소리와 함께 설화가 문을 열고 들어왔다.

설화는 조그마한 가죽 주머니를 한빈에게 건넸다.

가죽 주머니를 받은 한빈은 설화에게 우혈랑검을 건넸다.

"잘 썼다, 설화야."

"헤헤, 원래 공자님이 주신 건데요. 저는 청화랑 나가 볼게요."

말을 마친 설화는 청화를 향해 눈짓했다.

설화의 신호를 받은 청화는 가볍게 포권한 뒤 돌아섰다.

그때 한빈이 그녀를 불렀다.

"청화야."

"네, 공자님."

"포권은 생략해도 된다. 너희는 무인이 아니잖아."

지시가 아닌 조언이었다.

청화가 어색하게 웃으며 고개를 숙였다.

장운현을 떠난 후 청화가 보인 첫 번째 미소였다.

옆에 있던 설화가 기분 좋은지 청화의 옷소매를 잡아끌며 말했다.

"기분도 좋은데 당과 한 꼬치 어때?"

"좋아요, 언니."

그들이 사이좋게 나가자, 한빈은 진지한 표정으로 설화에게 받은 가죽 주머니를 팽혁빈에게 건넸다.

그는 반사적으로 가죽 주머니를 받았다.

그것도 잠시, 팽혁빈은 고개를 갸웃하며 가죽 주머니의 안을 들여다봤다.

그곳에는 붉은색을 띤 환약이 들어 있었다.

깜짝 놀란 팽혁빈이 물었다.

"이건 혹시 영약……."

"영약은 아닙니다. 그러니까……."

한빈은 진지한 표정으로 설명을 이어 나갔다.

가죽 주머니에 담긴 붉은색 환약의 용도에 대한 설명이었다.

한빈의 설명을 듣던 팽혁빈은 눈을 크게 떴다.

한빈과 팽혁빈은 다시 연무장에 마주 섰다.

팽혁빈은 신체의 변화를 못 느끼고 있었다.

조금 개운하다는 느낌 외에는 달라진 것이 없었다.

팽혁빈은 소매로 얼굴의 먼지를 털어 내는 척하며 붉은색 환약을 입에 넣었다.

그러고는 한빈을 향해 외쳤다.

"자, 오늘도 놀아 보자꾸나, 아우야!"

"잘 부탁드리겠습니다. 최선을 다해 주십시오, 형님."

한빈이 목검을 잡고 기수식을 취했다.

한빈의 목검에서 투명한 기운이 일렁인다.

팽혁빈의 눈이 커졌다.

목검의 표면을 기막으로 감싼다는 것은 어찌 보면 간단한 일이었다.

하지만 내공을 조절하는 능력이 문제였다.

목검의 표면을 감싸고 있던 내공이 조금이라도 흐트러진다면?

아마도 목검은 산산이 부서질 것이었다.

그런데 목검을 저렇게 다룬다고?

그만큼 내공을 조절하는 능력에 자신이 있다는 뜻이었다.

단순히 생각하면 목검에 기막을 유지하는 것이 간단하다고 착각하는 사람도 있을 것이다.

하지만, 보법을 밟으며 초식을 펼치고 상대의 공격까지 방어해야 한다.

그 순간에도 내공을 제어할 수 있는 자신이 있다는 것인데…….

한빈을 바라보던 팽혁빈은 자신도 모르게 고개를 흔들었다.

이런 걱정을 하는 자신이 어이가 없었다.

한빈이 천재라는 증거는 차고도 넘쳤다.

그렇게 확인하고도 다시 의심한다니?

생각을 마친 팽혁빈도 자신의 목도에 기를 불어 넣었다.

스스–슥.

팽혁빈이 뿜어내는 진기가 그의 목도를 감쌌다.

순간 팽혁빈의 눈이 한계까지 커졌다.

이 정도의 진기를 사용하고 나면 혈맥에 무리가 와야 정상이었다.

그런데 지금은 전혀 문제가 없었다.

한빈의 말대로 치료가 된 것이었다.

팽혁빈은 목도를 감싼 기막을 조금 더 두껍게 조절했다.

그도 최선을 다하기로 한 것이었다.

한빈은 그 모습에 미소를 지었다.

앞서 말한 최선의 의미는 바로 이것이었다.

오늘 두 사람은 후회를 남기지 않을 비무를 펼치기로 했다.

이유는 크게 두 가지였다.

첫째는 치료에 부작용이 남아 있는지를 확인하기 위함이었다.

둘째는 팽혁빈의 몸에서 지금 일렁이는 구결 때문이었다.

한빈이 혼원보를 펼치며 앞으로 나아갔다.

질풍노도와도 같은 기세.

그 기세를 본 팽혁빈도 똑같은 혼원보를 펼쳤다.

"간다, 아우야!"

그 말을 시작으로 팽혁빈의 기세가 태산처럼 넓게 연무장을 장악했다.

이것은 한빈이 바라던 비무였다.

쾅! 쾅!

수련용 목검과 목도라고는 믿어지지 않은 굉음이 연무장을 중심으로 퍼졌다.

얼마나 지났을까.

한빈과 팽혁빈은 서로를 바라보며 호흡을 가다듬고 있었다.

물론 한빈이 보고 있는 것은 팽혁빈이 아니었다.

[용안(龍眼)으로 구결을 확인합니다.]

[인급(人級) 구결 수(隨)를 획득하셨습니다.]

이제 하나 남은 인급 구결.

한빈은 이 구결을 오늘 완성하기로 했다.

앞으로 필요할 것 같은 묘한 느낌이 들었기 때문이었다.

한빈은 팽혁빈을 향해 말했다.

"괜찮으십니까?"

"나는 멀쩡하니 언제든 다시 시작해도 좋다."

"그럼 바로 들어가겠습니다."

한빈이 보법을 바꾸었다.

구결십팔보로 말이다.

한빈의 신형이 잔상만을 남긴 채 자리에서 사라졌다.

한빈이 나타난 곳은 팽혁빈의 오른쪽.

팽혁빈도 만만치 않았다.

그는 바로 진각을 밟았다.

모든 내공을 실은 혼원보.

그것은 한빈이 서 있는 공간을 장악했다.

한빈은 재빨리 발을 빼서 그 간격에서 벗어났다.

그들은 마치 장기를 두듯 한 수씩을 주고받으며 칼을 맞댔다.

비록 무기는 서로의 목을 겨누고 있지만, 그들의 눈빛에 살기는 없었다.

한빈이 외쳤다.

"마지막입니다!"

"그래, 오너라."

팡. 팡.

둘이 동시에 파공성을 내며 상대에게 달려들었다.

팽혁빈의 칼이 일도양단의 기세로 한빈에게 날아왔다.

하지만 한빈은 머리만 가볍게 오른쪽으로 틀었다.

그러고는 검을 뻗었다.

팍! 팍!

동시에 울리는 가죽 북 터지는 소리.

방어라는 허울 좋은 이름은 벗어 버리고 순수한 공격을 서로 주고받은 것이다.

그들은 서로의 몸에 무기를 갖다 댄 채 멈췄다.

여기서 놀라운 것은 한빈과 팽혁빈의 내공 조절 능력이었다.

둘은 서로의 몸에 닿기 전에 무기를 감싸고 있던 기막을 지워 버렸다.

마지막의 순간에 동시에 기막을 지웠다는 것은?

눈이 상상도 못 할 만큼 빠르든가, 아니면 서로에 대한 믿음이 있었던 것이 분명했다.

뭐, 둘 다일 수도 있지만 말이다.

둘은 그 상태로 그윽한 미소를 품고 있었다.

한빈도 이번에는 글귀보다 팽혁빈의 미소를 먼저 확인했다.

그러고는 재빨리 구결을 확인했다.

[용안(龍眼)으로 구결을 확인합니다.]

[인급(人級) 구결 창(唱)을 획득하셨습니다.]

[흩어진 용린검법의 구결 중 하나의 초식을 완성했습니다. 초식이 활성화됩니다.]

한빈이 나머지 글귀를 확인하려 할 때였다.

거친 숨을 토하던 팽혁빈이 기침했다.

"쿨럭."

기침한 팽혁빈이 목도를 내렸다.

한빈도 목검을 내리고 팽혁빈을 부축했다.

팽혁빈이 다시 기침을 했다.

"쿨럭."

이번 기침에는 붉은 핏덩이가 섞여 나왔다.
누가 봐도 이전보다 증세가 심해졌다.
"형님, 일단 처소로 돌아가시죠."
한빈은 팽혁빈을 부축하며 연무장을 빠져나왔다.
한빈의 부축을 받아 처소로 향하던 팽혁빈이 주위를 둘러보다 낮은 목소리로 물었다.
"이렇게까지 해야 하더냐?"
"네, 해야 합니다. 형님은 이제 가문의 비밀 무기가 된 거죠."
"비밀 무기라……."
팽혁빈은 말끝을 흐렸다.
한빈이 그에게 전한 붉은 환약은 가짜 피였다.
씹으면 터지는 환약을 이번에는 두 개나 터뜨렸다.
증세가 심해진 것처럼 보이게 만들자는 한빈의 말 때문이었다.
팽혁빈은 진심으로 한빈의 의도가 궁금했다.
처소에 도착하자 달싹이던 팽혁빈의 입이 열렸다.
"내가 무기라면 적은 대체……."
팽혁빈은 말끝을 흐리며 눈매를 좁혔다.
한빈이 준 것은 그냥 가짜 피가 아니었다.
철저히 남을 속이면서도, 복용한 이의 기력을 높여 줄 수 있는 보약에 가까웠다.

한눈에 봐도 만드는 방법이 까다로울 수밖에 없었다.
한빈이 영약이 섞인 가짜 피를 준 이유는 무엇일까?
팽혁빈이 완쾌되었다는 것을 숨기기 위해서였다.
누구로부터 숨기냐는 팽혁빈의 질문에, 한빈은 그저 적이라고 했다.
적이라?
아무리 생각해도 주변에 적은 없었다.
외부라면 몰라도 내부에서까지 이런 연극을 해야 할 이유는 없다고 생각한 것이다.
이렇게 평화로운 하북팽가에 적이라니?
그때 한빈이 답했다.
"적을 속이려면 자신부터 속여야 하는 것이 싸움의 기본 아닙니까?"
"적이라? 적은 이미 가문에서 축출되지 않았느냐?"
팽혁빈이 말하는 적이란, 정화 부인과 그 일당을 말하는 것이 분명했다.
한빈이 무표정하게 말을 이었다.
"그게 전부라고 생각하십니까? 허물을 벗은 뱀이 도망칠 때 껍질까지 짊어지고 튈까요?"
"……."
팽혁빈은 생각에 잠긴 듯 아무 말이 없었다.
한빈이 무미건조한 목소리로 말을 이었다.

"그런 멍청한 뱀은 없습니다."

"껍질이라? 그럼 우리 가문에 잔당이 남아 있다는 말이냐?"

"있겠죠……."

"있다 한들 누가 가문에 해를 끼칠 수 있겠느냐?"

"단순한 문제는 아닌 것 같습니다. 형님을 이렇게 만든 이유가 과연 무엇일까요?"

"흠."

"단순히 세가의 후계자 하나를 작살 내기 위함일까요?"

한빈은 가문이라 안 하고 세가라는 표현을 썼다.

이것은 이 문제가 하북팽가만의 일이 아님을 말한 것이었다.

하지만 팽혁빈은 이를 대수롭지 않게 들었다.

눈매를 좁힌 팽혁빈이 물었다.

"네 생각은 무엇이냐?"

"아마도 적은 때를 기다리고 있을 겁니다."

"때를 기다린다면 상대가 원하는 것은……."

"당연히 세가의 몰락이겠죠. 물론 우리 가문만을 노리는 것은 아닐 겁니다."

귓속말하듯 속삭이는 작은 목소리였지만, 한빈의 목소리에는 신념이 묻어 있었다.

"……."

팽혁빈은 아무 말 없이 한빈을 바라봤다.
그 모습에 한빈이 고개를 끄덕였다.
"감사합니다."
"일단 네 장단에 맞춰 주마. 하지만, 언제까지 맞춰 줘야 할지 난감하구나."
"적이 모습을 보일 때까지만 맞춰 주시면 됩니다."
"흠, 적이 모습을 드러낼 때까지라……."
팽혁빈이 작게 고개를 끄덕였다.
그 모습에 한빈이 말을 이었다.
"그때가 되면 형님께 적의 꼬리가 아닌 목을 썰 기회를 드리지요."
"……."
팽혁빈은 고개를 끄덕이며 웃었다.
그는 한빈의 행동에 의문을 갖는 한편, 조심성과 치밀함에 놀라고 있었다.
그때였다.
한빈이 눈매를 좁히더니 다급하게 속삭였다.
"일단 피 한 번 더 토하시죠."
"……."
한빈의 말에 팽혁빈은 대답 없이 재빨리 붉은색 환약을 삼켰다.
이어지는 기침은 덤이었다.

"쿨럭."

기침과 함께 튀어나오는 선혈.

팽혁빈이 급하게 소매로 입을 막았다.

소매에 뿌려진 붉은 선혈은 매우 선명했다.

팽혁빈의 처소로 들어온 한빈은 진지한 표정을 풀지 않았다.

한참 동안 방에 머물던 한빈이 크게 한숨을 쉬었다.

"휴……."

"왜 그러느냐? 막내야."

"아닙니다. 긴장이 풀려서 그런 것 같습니다."

한빈이 손을 내저으며 웃었다.

피곤에 찌들었지만, 표정만은 그 어느 때보다 밝았다.

분명한 감정의 변화.

팽혁빈도 마주 웃었다.

"하하, 그래. 이제는 좀 쉬거라."

팽혁빈은 웃음의 끝에 한빈을 바라봤다.

호의가 넘치는 눈빛이었다.

지금 팽혁빈은 가문을 위해서는 반드시 소가주의 자리를 막내에게 맡겨야 한다는 결심을 굳혔다.

한빈의 말대로 연극에 동참하고 보니 잊고 있던 것이 있었다.

바로 자신이 완벽하게 치료되었다는 것이었다.

신의조차 치료는커녕 원인도 알아내지 못했던 병이었다.

그런데 막내가, 그것도 며칠 만에 완벽하게 병을 고친 것이다.

신의를 넘어서는 뛰어난 한빈의 의술은 대체 뭐란 말인가?

의술뿐이 아니었다. 갑자기 달라진 막내의 모습은 이해가 되지 않았다.

이런 일이 가능하기 위해서는 달마에게 무예를 배우고.

화타에게 의술을 배우고.

제갈량에게 지략을 배워야 했다.

이대로라면 소가주 경쟁은 무의미했다.

한빈에게 소가주의 자리를 넘겨주는 게 가문을 위해서는 백번 옳았다.

다만 한 가지가 걱정되었다.

그것은 가문이 한빈을 품을 수 있을지 하는 것이었다.

팽혁빈이 한빈을 뚫어져라 보고 있을 때였다.

한빈은 그의 시선을 피해 창밖을 바라봤다.

그곳에는 뒷산이 푸르름을 빛내고 있었다.

물론 산을 보고 있는 것은 아니었다.

새로 얻은 초식을 확인하고 있는 것이었다.

[인급 초식 부창부수(夫唱婦隨)를 획득하셨습니다.]

초식을 확인한 한빈이 고개를 갸웃했다.

부창부수란 춘추시대의 윤희가 한 말로, 서로 잘 도와주는 화목한 관계를 뜻한다.

용린검법의 초식 이름이 원래도 괴이하기는 했지만, 이번 것은 아예 이해가 되지 않았다.

[부창부수(夫唱婦隨) – 용린검법의 초식 중 쌍수(雙手)의 수법에 속합니다. 남편이 노래하면 아내가 따라 합니다. 부부끼리 서로 다른 노래를 부를 수도 있는 법입니다. 양손으로 각기 다른 초식을 펼칠 수 있습니다. 펼치는 두 개의 초식이 하나의 초식처럼 자연스럽습니다. 단, 용린검법의 흔적이 남은 초식들에 한합니다. 필요 공력 십 년. 지속시간 반 시진.]

초식을 확인한 한빈은 자신의 양손을 바라봤다.

두 개의 초식을 한 번에 펼칠 수 있다는 것은 어찌 보면 두 명의 몫을 할 수 있다는 것.

한빈은 새로 얻은 초식을 어떻게 활용할지를 고민했다.

그것도 잠시, 뒷산을 바라보는 한빈의 시선이 먹이를 노리는 매처럼 바뀌었다.

한참 동안 뒷산을 살피던 한빈이 자리에서 일어났다.

"형님, 저는 이만 가 보겠습니다."

말을 마친 한빈이 재빨리 반대편 창문으로 넘어갔다.

그 모습에 팽혁빈이 물었다.

"왜 그쪽으로……."

"급해서 그러죠, 형님."

한빈의 목소리가 점점 멀어졌다.

그 모습에 팽혁빈이 웃었다.

"막내는 막내야. 귀여운 녀석."

같은 시각.

하북팽가를 한눈에 내려다볼 수 있는 뒷산.

상인 복장의 사내가 팔짱을 끼고 하북팽가를 바라보고 있었다.

그는 왼쪽 눈에 기다란 원통을 대고 있었다.

한참을 하북팽가를 바라보던 그는 손에 쥔 기다란 원통을 접었다.

그러고는 피식 웃으며 자신의 등짐에 원통을 넣었다.

그 원통은 서역에서 들여온 천리경이라 불리는 물건이었다.

맑은 유리 몇 개를 원통에 겹쳐 놓은 물건으로, 천 리 밖을 보는 도구라 알려져 있다.

실제 천 리를 볼 수 있는 물건은 아니지만, 꽤 먼 거리를 관찰할 수 있는 쓸모 있는 도구였다.

그때, 사내의 뒤에서 황금색 비단옷을 입은 중년 사내가 나타났다.

살짝 배가 나온 체구에 왼쪽 팔에는 산반(算盤), 즉 주판을 끼고 있었다.

철로 된 주판에, 주판알은 황금과 은으로 되어 있었다.

마치 자신이 부호라는 것을 자랑하는 것 같았다.

그의 기척을 느낀 사내가 재빨리 고개를 돌려 포권했다.

"금선(金仙) 어르신, 여기에는 무슨 일입니까?"

황금색 비단옷과 금선이라는 이름은 제법 어울렸다.

그는 강남에서 다섯 손가락 안에 드는 상인 집단인 금와 상단의 단주였다.

별호는 금선, 본명은 현금수였다.

본명보다는 별호로 불리는 것을 좋아하기에 금선이 이름처럼 불렸다.

거기에 또 다른 별호를 붙여 금산반(金算盤) 금선이라고 불리기도 한다.

금선은 사람 좋은 얼굴로 답했다.

"지나가는 길에 들렀네, 왕 총관."

"아, 그러시군요. 그럼 보고부터 드리겠습니다."

말을 마친 왕 총관은 눈을 빛냈다.

그는 금선의 정체를 알고 있는 몇 안 되는 인물 중 하나였다.

말하자면 금선의 오른팔로, 어릴 적 금와 상단에 들어와 금선의 오른팔이 되기까지 수단과 방법을 가리지 않은 인물.

딱 보기에도 서른 중반이 안 되어 보이는 외모에, 눈에는 총기가 흐르고 있었다.

강남에서 다섯 손가락 안에 드는 금와 상단에서 총관이라?

그것은 과거에서 급제한 서생 부럽지 않은 위치였다.

왕 총관의 반짝이는 눈을 본 금선이 고개를 흔들었다.

"보고는 생략해도 되네."

"생략해도 된다니요? 그게 무슨 말씀입니까?"

"자네의 보고보다는 내 두 눈이 더 정확하지 않겠나?"

"어르신의 눈이라니요? 혹시……."

"그 혹시가 맞네. 팽가의 상황은 내가 모두 파악했네."

"그럼 최근 돌아온 대공자의 상태도 아시고 계십니까?"

"얼마 못 가겠더군. 그래서 하는 말인데, 그만 가세."

"가다니요? 이제 감시를 안 해도 된다는 말씀입니까? 어르신."

"병든 닭을 계속 지켜봐서 뭐하겠나?"

"병든 닭이라면, 대공자를 말씀하시는 겁니까?"

"대공자뿐 아니라 팽가 전체가 병든 닭이지. 이제는 좀 더 건설적인 일에 힘을 써야지."

"건설적인 일이라니, 그게 무슨 말씀입니까?"

"계획을 앞당기기로 했네."

"그럼 빨리 준비하겠습니다. 어르신."

"아직은 시간이 있으니 천천히 준비해도 되네."

"그럼 일단 사천 지부에 연락부터 넣어 두겠습니다."

"그것도 내가 미리 손을 써 놨으니 왕 총관은 신경 쓸 필요 없네. 대신!"

"제가 뭘 하면 되겠습니까?"

"자네는 먼저 사천으로 내려가 포섭해 놓은 인물들을 좀 신경 써 주게. 다만 관군은 조심하고."

"관군이라니요?"

"오다가 곳곳에서 검문이 이루어지고 보았네. 그러니 괜히 야행복을 입고 돌아다니지 말라는 얘기야."

"네, 알겠습니다."

왕 총관이라 불리는 사내는 깊숙이 포권했다.

그러고는 재빨리 뒤를 돌아 사라졌다.

금선은 왕 총관이 있던 자리에서 하북팽가를 내려다봤다.

오늘로써 하북팽가에 신경을 끊기로 했다.

이곳으로 오면서 확인해 보니 소가주로 유력한 대공자는 병든 닭이 되었다.

다만, 조금 이상한 것은 생각보다 병세가 더 심하다는 점이었다.

금선은 흐뭇한 표정으로 하북팽가를 내려다보다가 돌아섰다.

"이제 나도 사천으로 출발해 볼까……."

금선은 옆에 끼고 있던 주판알을 탁 튕겼다.

좌르륵.

황금과 은으로 만들어진 주판알이 춤을 추듯 출렁였다.

중천에 뜬 해 때문인지 그의 주판알은 더욱 반짝였다.

그는 누가 봐도 상관없다는 듯 황금색 옷자락을 펄럭이며 산에서 내려갔다.

초록빛의 산자락에 일렁이는 황금빛 물결은 화려해 보였다.

하지만, 금선도 자신을 몰래 지켜보고 있는 눈이 있다는 것은 생각지 못했다.

한빈은 반짝거리는 주판알을 보고 자신도 모르게 입맛을 다셨다.

누가 보면 저것은 자신감이 아니라 무모함이라 할 수도 있었다.

하지만, 금선의 행동에 대해서 이해가 가는 부분이 있었다.

그것은 상계와 무가의 암묵적인 규율 때문이었다.

상인들이 계약하기 전 상대를 철저히 조사하는 것은, 누구

든 알고 있는 바였다.

뒷조사하다가 들키면 계약을 위해서라고 얼버무리면 그만이었다.

야행복을 입고 돌아다니다 의심을 받는 것보다는, 저렇게 대놓고 상대를 조사하는 것은 좋은 방법이었다.

그러고 보면 하북팽가와 금와 상단 사이에는 일 년에 한두 번 정도 거래가 있었다.

저들이 이렇게 세가를 살피는 것은 어찌 보면 이상한 일은 아니었다.

문제는 한빈이 저들의 대화를 들었다는 것이었다.

금선이라는 이름은 한빈도 알고 있었다.

황금색 주판알을 튕기는 그는 강남에서는 꽤 유명했다.

"팔선 중에 금선인가?"

혼잣말을 뱉은 한빈은 눈을 빛냈다.

잠시 후, 산에서 내려온 한빈의 앞에는 심미호가 있었다.

한빈이 조용한 목소리로 말했다.

"심 부대주."

"네, 주군."

"금와 상단에 대해서 자세히 알아봐. 표면적인 거 말고. 금선을 중심으로 샅샅이, 그리고 은밀하게……."

"호호, 그거야 제 전문이죠. 며칠만 기다려 주세요."

"알았어. 이 일은 심 부대주만 믿을게! 그리고 경계 태세도 풀어."

한빈이 선심 쓰듯 말했다.

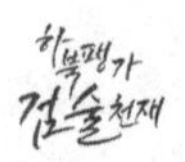

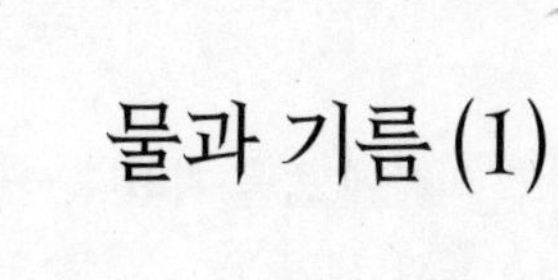

물과 기름 (1)

한빈의 말에 심미호는 심각한 표정으로 답했다.

“경계 태세를 푸는 건 늦추시는 게…….”

한빈은 그녀의 말이 끝나기도 전에 손을 내저었다.

“풀어도 돼. 저쪽도 이제 신경 껐으니까.”

“뭐 주군이 확인하셨다고 하니, 저도 마음 놓을게요.”

“이제부터는 팔짱 끼고 강 건너 불구경하듯 편하게 있어도 돼.”

심미호가 눈을 동그랗게 떴다.

“강 건너 불구경이라고요?”

“오늘부로 우리 손을 떠났으니까. 우린 강 건너 불구경하다가 불구덩이에 물을 뿌릴까, 기름을 뿌릴까만 고민하면 돼.”

한빈은 팔짱을 끼고 의자에 몸을 기댔다.
누가 봐도 편해 보이는 자세였다.
그 모습에 심미호가 활짝 웃으며 외쳤다.
"저는 기름에 한 표요!"
"기름이라? 좋은 생각이야, 심 부대주. 그런데 그 이유는 뭘까?"
"기름을 부어야 불구경을 오래 할 수 있잖아요, 주군."
심미호가 씩 웃으며 돌아섰다.
한빈은 심미호의 말에 동의하듯 고개를 끄덕였다.
자리를 떠나려던 심미호가 고개를 흔들더니 발걸음을 멈췄다.
다시 돌아선 심미호가 위를 올려다봤다.
그 모습에 한빈이 물었다.
"왜 그래? 심 부대주."
"생각해 보니까 제 성격이 변한 것 같아서요……."
"그게 무슨 말이지? 심 부대주."
"왠지 꼭 주군을 닮아 가는 것 같아서요."
"날 닮아?"
"요즘 들어 소 대주나 조호가 저보고 주군하고 너무 비슷한 것 같다고 하더라고요. 지금 주군의 질문에 답을 하고 나니 갑자기 그 말이 생각나네요. 주군을 닮았다고 하는 게 칭찬일까요?"

한빈은 한 치의 망설임도 없이 말했다.

"그거 칭찬 맞아. 의심하는 것 자체가 나에 대한 불충이라는 생각은 안 해 봤어? 심 부대주."

"앗, 거기까지는……. 어쨌든 항상 믿고 맡겨 주셔서 감사해요, 호호."

심미호가 도망치듯 뒷걸음치며 사라졌다.

움찔하며 다급히 사라지는 심미호의 모습을 보던 한빈이 작게 웃었다.

한참 동안 의자에 몸을 맡긴 채 휴식을 취하던 한빈이 혼잣말을 뱉었다.

"사천이라? 그럼 사천당가? 아니면 아미파인가? 거기도 아니면 청성? 뭐 두고 보면 알겠지……."

사천에는 그만큼 문파가 많았다.

문파가 밀집해 있는 지역을 꼽으라면 누구나 사천과 섬서를 꼽을 것이었다.

한빈은 눈을 감았다.

심화편 중 일신우일신 덕분에 계속 운기의 효과를 보는 중이지만, 벌써 며칠 동안 잠을 못 잔 상태였다.

사람의 몸이 강철이 아닌 이상, 약간의 휴식이라도 취해야 할 터였다.

눈을 감고 얼마나 지났을까?

한빈은 슬쩍 실눈을 떴다.

자신의 주변으로 보이는 투명한 진기.

그것들은 마치 지렁이처럼 일렁거렸다.

자세히 보니 마치 글자의 획처럼 보였다.

한빈은 대수롭지 않게 눈을 감았다.

이것은 자신의 눈에만 보이는 용린검법의 운기법일 터였다.

획처럼 보이는 진기는 한빈의 몸을 휘돌다가 백회혈로 들어갔다.

한빈은 자신도 모르는 사이에 운기를 하고 있었던 것이다.

몸에 쌓인 탁기를 몰고 나와 대자연의 기로 씻어 내어 다시 받아들이는 과정.

한빈의 시야에 다시 한번 글귀가 나타났다.

[용혈지체에 한 걸음 다가섰습니다.]

물론 한빈은 보지 못했다.

대신 쌔근쌔근 숨소리를 낼 뿐이었다.

적이 물러간 것을 확인하고 이제야 편히 휴식을 취하는 한빈이었다.

며칠 후.

한빈은 연무장에서 팽혁빈과 수련용 목도를 맞대고 있었다.

연무장 곳곳에 깨진 나무 조각이 나뒹굴고 있고 둘의 상의는 여기저기 잘려 있었다.

그 안쪽으로는 옅은 상처가 드러났다.

상처는 그리 깊지 않지만, 그 주변으로 핏물이 번지는 것은 어찌할 수 없었다.

모든 모습이 그들의 비무가 얼마나 격렬했는지를 말해 주고 있었다.

하지만, 한빈과 팽혁빈은 입가에 잔잔한 미소를 띠고 있었다.

주변 상황과는 반대의 표정.

한빈은 웃음을 띤 채 자신의 손을 바라봤다.

손에는 반 토막 난 수련용 목도가 쥐여 있었다.

벌써 스무 번째 바꾼 수련용 목도였다.

앞에 쓴 열아홉 개의 목도 역시 조각이 난 채 연무장에 뒹굴고 있고 말이다.

한빈은 검이 아닌 도법으로 팽혁빈과 승부를 한 것이다.

도법으로 팽혁빈과 비무를 벌인 이유는 간단했다.

그것은 오호단문도를 배우기 위함이었다.

팽혁빈은 오호단문도의 기본 형태를 가르쳐 주고는 바로 실전 비무를 권했다.

오호단문도는 수련이 아닌 실전으로 익혀야 한다는 것이 팽혁빈의 설명이었다.

팽혁빈은 한빈의 수준에 맞춰 점점 수준을 높여 나갔다.

그러다가 이렇게 비무가 치열해진 것이었다.

한빈이 깨달음을 정리하고 있을 때였다.

팽혁빈이 웃음을 터뜨렸다.

"하하, 대단하구나. 대단해."

그 웃음에 한빈이 고개를 들어 팽혁빈을 바라봤다.

"대단하다니요?"

"혼원보와 혼원장을 익히는 데 걸린 시간이 이틀이다."

"……."

"하늘이 내린 인재가 아니고서야 어떻게 설명하겠느냐?"

"과찬이십니다."

"이건 우리 가문의 경사다, 경사야. 거기에 오호단문도까지 눈 깜짝할 사이에 익히다니"

그때였다.

한빈은 눈매를 좁혔다.

[오호단문도를 익혔습니다.]

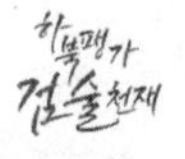

[불완전한 기본 무공 - 오호단문도]

[불완전한 무공을 펼치는 것은 시전자의 발전을 방해합니다. 또한 주화입마를 불러옵니다.]

[심화편에 잠들어 있는 주화입마 방지 심법이 실행됩니다.]

주화입마라고?

눈을 크게 떴다. 때마침 한빈의 질문에 대답이라도 하듯 글귀가 이어졌다.

[주화입마 방지책으로 하루 동안 실력편의 구결이 이 분의 일로 줄어듭니다.]

한빈은 실력편을 바라봤다.

[실력편]

[속(速) : 이십(二十)]

[……]

실제로 모든 구결이 사십 개에서 이십 개로 줄어 있었다.

아무래도 신체의 대사 속도를 줄이는 듯 보였다.

뭐, 구결이야 하루가 지나면 회복될 테지만, 문제는…….

바로 오호단문도가 불완전하다는 데에 있었다.

한빈은 재빨리 융합편을 확인했다.

혼원벽력도라고 적힌 글자가 경고하듯 반짝이고 있었다.

한빈은 대충 무엇이 잘못되었는지를 알 것 같았다.

혼원벽력도뿐 아니라 기본 무공인 오호단문도도 훼손되어 있는 것이 분명했다.

혼원벽력도의 기본 무공 중 혼원보는 걸음걸이.

혼원장은 도의 파지법.

오호단문도는 초식과 기의 흐름을 일치시키는 역할을 한다.

오호단문도를 잘못 익힌 상태에서 혼원벽력도를 익힌다면?

그것은 주화입마의 지름길이 될 수밖에 없을 터.

한빈이 자신도 모르게 혼잣말을 뱉었다.

"어떻게 제대로 된 무공이 없어, 제길!"

낮은 목소리였지만, 팽혁빈이 못 알아들을 수 없었다.

웃고 있던 팽혁빈이 눈매를 좁히며 달려왔다.

"아우야, 그것이 무슨 말이냐?"

"……."

"다 들었다."

"믿으실지 모르겠지만, 형님이 가르쳐 주신 오호단문도가 조금 이상합니다."

"이상하다니, 그게 무슨……."

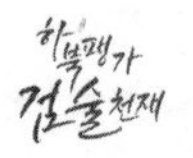

"예를 들어 이 부분 말입니다."

한빈이 반쯤 남은 수련용 칼을 들었다.

그 모습에 팽혁빈이 한 발 물러났다.

순간 한빈의 수련용 칼끝에서 미세한 바람이 일더니 하늘 위로 날아올랐다.

그 모습에 팽혁빈이 물었다.

"그것은 호혈출도(虎穴出道)가 아니더냐? 내가 보기에는 완벽한데……."

"호랑이 굴에서 나온 호랑이가 하늘로 날아오르겠습니까? 아니면 숲을 누비겠습니까? 기의 흐름도 그렇습니다……."

한빈은 자신이 느낀 바를 솔직하게 털어놨다.

물론 비급이 가르쳐 주지 않았다면 이렇게 솔직히 털어놓지는 못했을 것이었다.

한빈의 말에 팽혁빈의 얼굴이 점점 어두워졌다.

다른 이가 똑같은 말을 했다면 전혀 믿지 않았을 것이다.

하지만 한빈이 누구던가?

백 년, 아니 천 년 만에 나올 가문의 천재였다.

믿지 않을 수 없었다.

"그렇다면 어떻게 초식을 수정하면 되겠느냐?"

"그건 저도 모르죠. 오늘 오호단문도를 배운 제가 그것을 어찌 알겠습니까? 이상하다고 생각되는 부분을 말씀드린 것뿐입니다."

"그럼 확실하지는 않겠구나."

"네, 그렇죠. 형님."

그때였다.

한빈의 눈앞에 다시 글귀가 나타났다.

[가문 밖에서 오호단문도의 흔적을 찾기를 권합니다.]

[단서 - 구파일방과 천하 십대세가.]

한빈이 눈을 가늘게 떴다.

천하 십대세가 중 황보세가, 산동악가, 서문세가 그리고 하남정가와는 이미 연을 맺어 놓은 상태.

이 네 가문 모두 한빈이 원하면 당장이라도 달려올 수 있는 곳이었다.

그렇다면 남은 것은 여섯 개의 가문.

거기에 사부인 홍칠개가 구파일방 중 하나인 개방의 원로가 아니던가?

어떻게 보면 수월할 수도…….

생각을 이어 나가던 한빈은 혀를 찼다.

구파일방과 천하 십대세가에서 흔적을 찾는다라?

범위가 좁혀졌다고는 해도, 이건 모래밭 위에서 바늘 찾기나 똑같았다.

한빈이 허탈하게 글귀를 보고 있을 때였다.

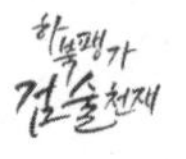

멀리서 누군가가 누런 먼지를 일으키며 달려오고 있었다.

고개를 힐끔 돌려 보니, 정문의 경비 무사 중 하나였다.

그는 대공자 팽혁빈의 앞에 도착해서는 숨을 헐떡였다.

"헉헉."

그 모습에 팽혁빈은 그의 등을 토닥였다.

탁탁.

가벼운 동작처럼 보여도 그의 등을 통해 진기를 흘려보내고 있는 것이었다.

팽혁빈의 수법으로 경비 무사는 단숨에 정상적인 호흡을 찾았다.

혈색이 돌아온 것을 본 팽혁빈이 물었다.

"이제 조금 괜찮아졌구나. 무슨 일인지 천천히 말해 보아라."

"사천당가에서 사람이 왔습니다."

"사천당가라? 무슨 일이더냐?"

"저는 이곳으로 바로 달려왔고, 다른 경비 무사는 서찰을 가지고 가주전으로 달려갔습니다. 그러니까…… 서찰을 전하는 모습이 어찌나 흉흉한지 불안해서 대공자님을 찾아온 것입죠."

즉, 경비 무사의 의도는 간단했다.

대공자 팽혁빈과 한빈이 가주전으로 빨리 가 보기를 원하는 것이었다.

한빈과 팽혁빈은 재빨리 가주전으로 달려갔다.

그곳에는 가주와 집법당주 그리고 나머지 주요 인사들이 모여 있었다.

다행인 것은 그들의 표정이 그리 어둡지 않다는 것이었다.

다만 그들은 작은 목소리로 웅성대고 있었다.

한빈은 힐끔 대공자 팽혁빈의 눈치를 봤다.

한빈과 눈이 마주친 팽혁빈이 알았다는 듯 고개를 끄덕였다.

팽혁빈은 재빨리 가주 팽강위에게 달려갔다.

"아버님, 무슨 일입니까?"

"그렇지 않아도 사천당가에서 온 서찰을 막 펴 보려 했다. 네가 보겠느냐?"

"허락해 주신다면 제가 보겠습니다."

"그럼 네가 대표로 확인하거라."

가주 팽강위는 아무렇지 않게 서찰을 건넸다.

서찰은 검은색 봉투에 들어 있었다.

한빈은 검은색 봉투를 유심히 봤다.

살짝 번들거리는 봉투의 질감.

팽혁빈이 막 서찰을 봉투에서 꺼내려 할 때였다.

한빈이 팽혁빈의 소매를 잡아끌었다.

"형님."

"왜 그러느냐?"

"제가 봐도 되겠습니까?"

"흠, 네 마음대로 해라."

팽혁빈은 서찰을 한빈에게 건넸다.

서찰을 건네받은 한빈은 봉투를 조심스럽게 살피기 시작했다.

그 모습에 사람들이 웅성대기 시작했다.

"지금 뭐 하는 거지?"

"그러게 말일세. 겉봉투가 중요한 것도 아니고……."

"궁금한데 빨리 봉투를 뜯지 뭐 하고 있나?"

그들은 아직도 한빈이 못 미더운지 입을 내밀고 있었다.

하지만 팽혁빈은 한빈의 행동에 이유가 있을 것이라고 생각하며 기다렸다.

봉투를 쓱 살피던 한빈은 재미있다는 표정으로 봉투를 몇 번 돌리다가 동작을 멈췄다.

한빈은 조용히 봉투의 한 곳을 눌렀다.

그때 묘한 일이 일어났다.

봉투가 저절로 열린 것이다.

그 모습은 흡사, 나비가 날개를 펼친 것과 같았다.

봉투를 연 한빈은 속을 혀를 찼다.

역시 사천당가였다.

독과 암기는 사천당가를 지탱하는 기둥.

사람들은 사천당가 하면 독을 떠올리지만, 진짜 사천당가를 받치고 있는 것은 암기였다.

저 봉투가 사천당가의 암기술로 만든 작품이었다.

풀을 입힌 색지로 만든 것 같지만, 저것은 쇠를 두드려 종이처럼 납작하게 만든 봉투였다.

한마디로 겉봉투의 장치를 통해 자신들의 암기 제조 기술을 자랑하겠다는 것이었다.

한빈은 봉투에 들어 있는 서찰을 팽혁빈에게 전한 후, 가주 팽강위에게 물었다.

"이 서찰을 전한 이는 어디 있습니까?"

한빈의 말에 가주 팽강위가 서찰을 들고 온 경비 무사를 바라봤다.

서찰을 가져온 이가 어디 있느냐는 한빈의 질문에 답하라는 뜻이었다.

갑작스러운 팽강위의 기세에 대기하고 있던 경비 무사가 움찔하면서 떨리는 목소리로 답했다.

"시간이 없다며 급히 자리를 떠났습니다."

"일단, 알았다."

팽강위가 손짓하자, 경비 무사는 안도의 한숨을 흘리며 뒤로 한 발 물러났다.

미간을 좁힌 팽강위가 한빈을 바라보며 턱짓했다.

"그렇다는군……."

"제가 그자의 행방을 물어본 것은 간단한 이유입니다."

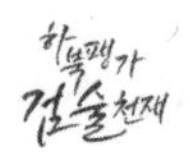

"이유라……. 어서 말해 보거라."

"그것은 사천당가의 의도입니다. 지금, 묘한 장치가 된 서찰을 전한 의도를 말씀드리려는 거죠."

"지금 묘한 장치라 했느냐? ……그러고 보니 묘하긴 하구나."

팽강위가 검은색 철 봉투를 바라봤다.

그 모습에 한빈이 철 봉투에서 서찰을 꺼내 팽혁빈에게 넘긴 후 말을 이었다.

"깨끗한 종이가 있으면 제게 주시겠습니까?"

한빈의 말에 팽강위가 옆에 있는 탁자에서 종이를 하나 집어 던졌다.

휙!

종이가 마치 암기처럼 한빈에게 날아왔다.

한빈은 내공이 실린 종이를 아무렇지 않게 받아 냈다.

탁.

한빈을 보는 팽강위의 입꼬리가 슬그머니 올라갔다.

이것은 일종의 자식 자랑.

모두가 있는 앞에서 한빈의 경지를 보여 주기 위함이었다.

누군가 이 의도를 안다면 팔불출이라 하겠지만 말이다.

하지만, 팽강위의 의도는 실패로 돌아갔다.

모두의 관심은 한빈의 무위가 아닌 철 봉투에 쏠렸기 때문이었다.
평상시라면 이 광경을 본 모두는 탄성을 내질러야 정상이었다.
뭐, 한빈도 감흥은 없었다.
한빈은 아무렇지도 않게 종이를 철 봉투에 넣었다.
그러고는 다시 얇은 덮개를 원래 위치로 돌려놨다.
한빈은 철 봉투를 높이 치켜들며 큰 목소리로 외쳤다.
"제가 사천당가에서 온 봉투를 원래대로 돌려놨습니다! 일단 이 봉투를 강제로 열려고 했다면 어떻게 됐을지부터 보여드리죠."
한빈의 말에 모두는 눈도 깜빡이지 않았다.
마치 경극의 절정을 보는 듯 숨도 쉬지 않았다.
한빈은 아무렇지도 않게 적당히 힘을 주어 봉투를 찢으려 시도했다.
물론 열리지는 않았다.
뜨득.
묘한 소리만 낸 뒤 봉투는 잠시 휘어졌다 다시 제자리를 찾았다.
한빈은 다시 홈을 눌러 봉투를 열었다.
모두는 고개를 갸웃했다.
조금 전 한빈의 말과 행동을 보면 모두가 놀랄 만한 일어났어야 정상이었다.

하지만, 예상과는 달리 아무 일도 일어나지 않았기 때문이다.

한빈은 씩 웃으며 철 봉투를 털어 냈다.

순간 철 봉투 안에 들어 있던 종이가 빠져나갔다.

종이가 펄럭이며 이를 지켜 보고 있던 각주들의 앞에 떨어졌다.

각주 중 하나가 종이를 잡으려 한 발 앞으로 나왔다.

그 모습에 한빈이 아무렇지도 않게 말을 이었다.

"제가 서찰을 가져온 이의 행방을 물어본 이유가 과연 무엇일까요?"

한빈은 종이를 주우려는 각주를 바라보고 있었다.

그는 종이의 한 치 앞에서 동작을 멈추고 한빈을 바라봤다.

뭔가 찝찝하다는 표정이었다.

한빈은 그를 보며 살짝 미소를 지었다.

"장서각의 각주님이시죠?"

"그러하네만……."

"장서각을 담당하고 계신다면 종이의 변화를 가장 잘 알아보시겠군요. 그럼 앞에 있는 종이의 가장자리를 잘 보시겠습니까?"

"가장자리라? 아무리 봐도……."

장서각주는 말끝을 흐리며 눈을 크게 떴다.

종이의 가장자리에는 푸른색 염료가 묻어 있었기 때문이다.

염료라고 하기도 뭐한 게, 꼭 먼지처럼 보였다.

장서각주는 종이를 철 봉투에 넣었을 때를 분명히 기억하고 있었다.

혹시나 빈 종이가 아닌 중요한 서류인지를 확인하기 위해서였다.

물론 이것은 가문 내에 서류와 서책을 관리하는 장서각주로서의 본능이었다.

철 봉투에 넣기 전에 종이는 분명히 깨끗했다.

그런데 지금은 곰팡이가 핀 것처럼 불길한 푸른색 먼지가 종이에 묻어 있었다.

"이게 대체 뭐란 말인가? 사 공자."

"독입니다, 각주님."

한빈이 짧게 답했다.

놀란 장서각주는 재빨리 뒷걸음쳤다.

"앗."

순간 가주전이 술렁이기 시작했다.

"사천당가에서 암습하려 했다는 말인가?"

"사천당가가 우리에게 독을 뿌리고 도망쳤다고?"

"설마, 그럴 리가……."

"그래, 사 공자가 잘못 안 거지."

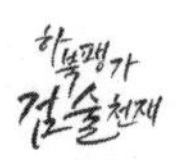

"나도 그 의견에 동의하네. 사 공자가 잘못 안 게 분명해."

"하북팽가를 그리 우습게 볼 리가 없지."

"지금 사 공자가 독이라잖아. 자네들은 그걸 못 믿겠다는 것인가?"

그때 가주 팽강위가 오른쪽 발을 굴렀다.

내공을 실어 진각을 밟은 것이다.

쿵.

가주전이 흔들릴 정도로 내공을 담은 한 수였다.

순간 모두는 입을 닫을 수밖에 없었다.

팽강위는 아무렇지 않게 한빈에게 물었다.

"사천당가에서 우리에게 독을 보낸 이유가 뭐라 생각하는지 네 생각을 말해 보아라."

"제 생각은 간단합니다."

모두의 시선이 한빈에게 모였다.

시선이 자신에게 모이자, 한빈이 진지한 표정으로 말을 이었다.

"일단 서찰을 보고 나서 이야기하는 것이 좋을 것 같습니다."

말을 마친 한빈은 팽혁빈이 들고 있는 서찰을 가리켰다.

팽혁빈은 서찰을 손끝으로 잡고 언제라도 버릴 준비를 하고 있었다.

아마도 독을 걱정하고 있는 것 같았다.

그 모습에 한빈이 말했다.

"형님, 그 서찰은 괜찮습니다. 억지로 열려고 하면 내부에 있는 서찰에 독을 뿌리는 장치입니다. 처음 서찰은 정상적인 경로로 열었으니 걱정 안 하셔도 됩니다."

"그럼 널 믿고 서찰을 펼치겠다."

팽혁빈은 서찰을 확인하기 시작했다.

몇 문장을 눈으로 확인한 그는 주위를 둘러봤다.

모두가 있는 자리에서 읽을까 말까를 고민하는 모습이었다.

그 모습에 가주 팽강위가 말했다.

"큰 소리로 읽도록 해라. 여기 모인 사람들은 모두 팽가의 식구. 그 서찰의 내용을 알 자격이 있다."

"네, 그럼 읽겠습니다."

팽혁빈은 서찰을 읽어 나가기 시작했다.

"천하 십대세가와 중원의 모든 세가에 전할 게 있어 이렇게……."

제법 긴 내용의 서찰이었다.

팽혁빈이 서찰을 읽어 나가자 모두는 고개를 갸웃했다.

서찰의 내용은 정중했다.

무가지회(武家之會)를 열 테니 사천당가로 방문하라는 내용이었다.

무가지회는 보통 사 년에 한 번씩 열리는 중원 무림세가들의 행사였다.

모두가 술렁이는 가운데, 한빈은 서찰의 내용을 중심으로 의문을 정리해 보았다.

세가지회에 참석하라는 초청장이었다.

하나, 정중한 내용에 비해 전달하는 방식이 이해가 되지 않았다.

생각을 이어 나가던 한빈이 고개를 갸웃했다.

거기에 몇 가지 의문이 더해졌기 때문이었다.

무가지회에 참석해야 할 무림세가는 둘로 나뉜다.

첫째는 무가지회에 반드시 참석해야 하는 천하 십대세가였다.

둘째는 초청을 받아야 참석할 수 있는 나머지 세가였다.

초청할 세가를 정하는 것은 주최자의 마음.

무가지회에 참여한다는 것은 강호에서 무림세가로 인정을 받는다는 것이기에, 주최자에게 뇌물까지 쓰는 가문도 있었다.

이번 행사는 사천당가가 주최할 차례였다.

사천당가가 한몫 잡을 기회라는 것이다.

다만 예상을 빗나간 것은, 본래대로 치면 세가지회가 열리는 것은 내년이었다.

그다지 중요한 행사는 아니기에 전생의 기억에서도 가물

가물하지만, 특이 사항이 없었다.
전생에 한빈은 정의맹의 비밀 집단이었던 귀검대의 대주.
무림의 음지에서 활동하면서 과거에 있었던 사건은 모두 머릿속에 넣어 뒀었다.
용린검법의 영향인지는 몰라도 그 사건이 전생보다 더 또렷하게 떠올랐다.
언뜻 떠오르는 사건이 없는 것으로 봐서는 이번 무가지회는 원래 열려야 할 때인, 일 년 뒤에 열렸던 것 같았다.
그렇다면?
전생과 사건의 흐름이 바뀌었다는 것이다.
과연 세가지회를 앞당긴 결정적인 이유는 무엇일까?
마교?
정체불명의 집단?
그것도 아니라면…….
한빈은 아무 말 없이 팽혁빈이 읊는 무가지회의 초대장을 듣고 있었다.
서찰에는 무림의 중대사를 상의하기 위해서라는 짤막한 문장을 제외하고는 행사를 일 년 앞당기는 이유에 대해서는 언급이 없었다.
그때 팽혁빈이 서찰을 내려놨다.
"서찰의 내용은 여기까지입니다."
순간 각주들이 술렁이기 시작했다.

가장 먼저 의문을 제기한 것은 장서각의 각주였다.

“무가지회에 참석해 달라는 내용이 전부 아닙니까? 그런데 왜 독을 묻혀서 전달하는 것인지 이해가 되지 않습니다.”

“그러게 말입니다. 이건 가문 간의 예의에서도 벗어나는 일인데, 어쩌자고 사천당가에서는……. 험.”

접객당주는 수염을 쓰다듬으며 주변의 눈치를 살폈다.

눈빛으로 봐서 욕이라도 뱉고 싶은데 가주와 다른 이들의 눈 때문에 험한 말은 참고 있는 것 같았다.

그때 주작각주 가기군이 조심스럽게 한 발 앞으로 나섰다.

“제 생각을 말씀드려도 되겠습니까?”

“말해 보게, 주작각주.”

“흔히 강북과 강남의 무림을 가리켜 물과 기름이라 하지 않습니까? 물론 혼인으로 맺어진 하남정가와 하북팽가를 제외……. 험, 죄송합니다.”

주작각주 가기군은 재빨리 손을 내저었다.

자신이 아직 아물지 않은 팽강위의 상처를 들춰냈기 때문이다.

하지만, 가주 팽강위는 아무렇지 않게 씩 웃었다.

“괜찮네. 어차피 지난 일이 아니던가? 가문을 경영하자면 때때로 과오가 따르는 법, 과오는 부끄러워하되, 감출 필요는 없는 법이지. 계속하게.”

“네, 감사합니다, 가주님. 그런 계속하겠습니다. 제 생각에는 사천당가가 강남 무림세가를 대표해서 강북 무림세가에 내미는 도전장이라 생각합니다."

"도전장이라? 근거는?"

팽강위의 짧은 질문이 연달아 이어지자 가기군이 재빨리 답했다.

"현 무림에는 경쟁이라는 단어가 사라진 지 오래입니다. 그 투쟁심을 깨우려는……."

주작각주 가기군은 자신이 분석한 상황에 대해서 꽤 장황하게 늘어놓았다.

가기군의 말에 모두는 고개를 끄덕이기에 바빴다.

그러나 한빈이 보기에 여기에는 치명적인 오류가 있었다.

아무 내용이 없었다면, 한빈도 도발이라 생각할 터였다.

그런데 무가지회에 참석해 달라는 정중한 내용이 있었다.

콧대 높은 사천당가에서 저 정도로 참석을 종용한다는 것은 그만큼 절실하다는 것이다.

거기에 저 철 봉투는 사신첩이라 불리는 물건이었다.

사신첩은 사천당가의 기술이 집약된 작품이다.

도발을 하기 위해서 사신첩을 던져 주고 간다고?

그것은 있을 수 없는 일이었다.

한빈은 관자놀이를 톡톡 치며 생각을 정리해 나갔다.

그것도 잠시 한빈의 입가에 작은 미소가 떠올랐다.

한빈의 생각과는 관계없이 주작각주 가기군은 열변을 이

어 나갔다.

하지만 한빈의 시선은 주작각주 가기군이 아닌 철 봉투에 고정되어 있었다.

그때 주작각주 가기군의 설명이 끝났다.

"……제 생각은 여기까지입니다."

"자네의 생각은 잘 들었네. 한마디로 강남 무림세가가 강북 무림세가에게 걸어온 도발이라 보면 되겠군."

"네, 그렇습니다."

"자네의 좋은 의견에 대한 상을 내리겠네."

"제가 상을 바라고 말씀드린 것은……."

"아닐세, 자네에게 최고의 상을 내리고 싶네."

"가주님의 은혜에 감사드립니다."

"이 회의가 끝나면 내 수련실로 오게."

"가주님, 그게 무슨 말씀입니까? 수련실이라니요?"

"올 때는 꼭 자네의 병기를 지참하게나."

"그게 무슨……."

"내가 내리는 상은 나와의 일대일 비무일세."

"일대일 비무라니요, 저는 됐……."

"어허!"

마치 사자후와도 같은 외침에 주작각주 가기군은 움찔하며 눈을 크게 떴다.

가주 팽강위는 옆자리에 있는 자신의 거도를 틀어쥐었다.

그러고는 검지로 검신을 튕겼다.

챙!

오래된 절의 종이 울리는 듯한 청아한 소리가 가주전을 덮었다.

청아한 소리는 마치 전쟁의 시작을 알리는 소리와 같았다.

남들은 전쟁을 바라보는 구경꾼에 불과하지만, 전쟁에 참여해야 할 병사인 가기군의 입장에서는 공포의 소리일 수밖에 없었다.

가기군은 더욱 울상이 되었다.

다른 각주들은 재빨리 시선을 피했다.

여기서 시선이 마주치면 가기군과 함께 가주의 수련실로 딸려 들어갈 것이 뻔했기 때문이었다.

일대일 비무라는 것은 합법적으로 패겠다는 선언과도 같았다.

무엇이 잘못되었을까?

가기군은 자신의 행동을 되짚어 봤다.

하지만 가기군은 가주가 이렇게 나오는 이유를 찾을 수 없었다.

그 모습에 한빈은 씩 웃었다.

한빈은 가기군의 실수를 알고 있었다.

가기군이 정화 부인의 이야기를 언급한 것에 대해 가주는 허허거리면서 넘어갔지만, 사실 그 뒤끝이 마지막에 터진 것이라고 보면 되었다.

팽가의 사람들은 큰 덩치와 호탕한 성격의 가주 팽강위만 생각하고 있었다.

하지만 가주 팽강위는 뒤끝이 있는 사람이었다.

여기에는 빚지고는 못 산다는 팽가 특유의 성격이 한몫했다.

상황을 지켜보던 한빈은 자신도 모르게 웃음을 지었다.

그 웃음에 팽강위가 물었다.

"표정을 보니 다른 의견이 있는 것 같구나."

"의견이라기보다는, 부탁드릴 것이 있습니다."

"부탁이라……."

"별건 아니고 저 철 봉투를 제가 연구해 봤으면 합니다."

"사천당문에서 보내온 독이 든 철 봉투를 뭐에 쓰려고 하느냐? 호기심에 만져 봤자 몸만 상할 터다."

"아닙니다. 꼭 제가 연구해 보고 싶습니다."

"그럼 그렇게 하거라. 대신!"

"말씀하시지요."

"조심해서 다루거라."

"네, 알겠습니다. 그리고 한 가지 더 말씀드릴 것이 있습니다."

"말해 보아라."

"이 철 봉투는 사천당가에서 사신첩(死神牒)이라 부르는 물건일 겁니다."

"사신첩이라? 불길한 이름의 물건이군."

"불길하다기보다는 비밀을 유지하기 위한 물건으로 알고 있습니다. 여기 보시면……."

한빈은 사신첩을 가리키며 설명을 이어 나갔다.

물론 사신첩의 가치에 대해서는 빼고 말이다.

한빈이 사신첩에 대한 이야기를 늘어놓자, 가기군이 말했던 도전장이나 도발이란 단어는 쏙 들어가 버렸다.

한빈의 설명은 간단했다.

사신첩은 상대에게 해를 입히기 위해 만든 물건이 아니었다.

사신첩의 용도는 비밀 유지.

억지로 열려고 하면 독을 배출한다. 열 때는 홈을 눌러서 열어야 하지만, 봉투에 홈은 정확히 네 개였다.

그 순서를 어기면 얇은 면에서 암기가 튀어나온다.

사신첩의 주인만이 이것을 열도록 만들었다는 말이었다.

위험하기는 해도 서찰을 정상적으로 전달받은 자에게 해를 입히기 위한 물건은 아니었다.

여기까지가 한빈의 설명이었다.

한빈의 설명을 듣고 난 팽강위가 고개를 갸웃했다.

"그렇다면, 사신첩을 우리에게 보낸 이유가 무엇이라 생각하느냐?"

"저도 처음에는 사천당가가 보내는 도발이라 생각했습니다."

"그런데 지금은?"

"지금은 다릅니다. 서찰에 적혀 있는 내용은 사천당가치고는 꽤 정중한 편입니다."

"그건 인정하지. 내가 보기에도 그랬으니까. 난 네 생각을 듣고 싶구나."

"제가 생각한 가능성은 크게 두 가지입니다."

"계속 이야기해 보거라."

"첫째는 단순한 실수라는 점입니다. 이것을 전한 자는 깜빡 잊고 사신첩을 통째로 전한 것일 수도 있습니다."

"사신첩을 통째로 전했다니? 그게 무슨 말이냐?"

"제가 알기로는 이 서찰을 전달한 자의 임무는 사신첩을 전달하는 것이 아니라, 사신첩에서 서찰을 빼서 전달하고 이것은 가져갔어야 할 확률이 높습니다."

"그럼 다른 가능성은?"

"사천당가에서 온 자가 사신첩을 여는 방법이 적힌 문서를 빼먹었을 수도 있습니다."

"그럼 둘 다 실수라는 것이군."

"제 의견은 그렇습니다."

"그런데 사천당가의 물건에 대해서 어찌 그리 잘 알고 있지?"

팽강위가 눈매를 좁혔다.

이것은 합리적인 의심이었다.

뭐, 한빈이 아는 것은 당연했다.

십 년 정도가 지나면 사신첩은 다른 문파에서도 널리 사용되는 물건이다.

뭐, 중요한 점은 이 사신첩이 지금은 부르는 것이 값일 것이라는 점이었다.

한빈이 준비한 변명을 늘어놓으려 할 때였다.

팽혁빈이 다급하게 팽강위 쪽으로 다가갔다.

팽강위는 팽혁빈의 표정을 보고 말없이 기다렸다.

그의 표정은 다급했으며, 한편으로는 비밀을 털어놓으려는 것처럼 보였다.

팽혁빈은 다른 이들에게는 들리지 않게 팽강위에게 속삭였다.

그 말에 팽강위가 웃음을 터뜨렸다.

"하하!"

그 모습에 각주들이 고개를 갸웃했다. 하지만, 팽강위는 각주들의 표정에는 아랑곳하지 않고 호탕하게 외쳤다.

"오늘 회의는 이것으로 마친다. 이만 해산하고 주작각주는 남도록!"

그 말에 나머지 각주들은 재빨리 자리를 벗어났으며 주작각주 가기균은 울상이 된 채 천장을 보고 있었다.

* * *

한빈을 비롯한 몇몇만이 가주전에 남아 있는 상태.

팽강위가 고개를 끄덕이더니 입을 열었다.

"이제부터 본론을 이야기하도록 하지."

그 말에 모두는 눈을 크게 떴다.

가기군을 남긴 것은 비무를 위해서가 아니었나?

모두는 그렇게 생각하고 가주전을 떠났을 것이다.

그런데 팽강위는 본론이 있다고 했다.

지금 남아 있는 사람은 두 명의 소가주 후보와 팽가의 셋째 호랑이인 집법당주, 그리고 정보를 담당하는 주작각의 각주인 가기군이었다.

그렇다면 지금부터 나올 이야기는 조금 심각한 이야기일 수밖에 없었다.

모두가 침을 삼키고 있을 때 팽강위가 입을 열었다.

"한빈의 말대로 사천당가치고는 꽤 정중한 서신이었다."

"네, 저도 그렇게 생각합니다. 형님."

집법당주 팽대위가 고개를 끄덕였다.

모두가 말없이 팽강위를 바라보고 있는 상태.

팽강위는 진지한 표정으로 말을 이었다.

"지금부터 하는 이야기는 외부로 새어 나가서는 안 될 것이야."

말을 마친 팽강위는 모두를 바라봤다.
팽강위의 시선을 받은 이들이 동시에 답했다.
"네, 알겠습니다, 아버님."
"명심하겠습니다, 가주님."
그들이 모두 약속하자, 팽강위는 조용히 말을 이었다.
"한빈이 사신첩에 대해서 풀어놓은 이야기를 들어 보니, 강호에 떠도는 몇 가지 소문에 대해서 생각이 나서 상의를 하려고 한다."
"떠도는 소문이라니요?"
"당가의 가주에 관한 이야기부터 해야겠구나."
옆에서 듣던 팽혁빈이 놀란 듯 끼어들었다.
"사천당가의 가주라니, 그게 무슨 말씀입니까?"
"이것은 소문인데 사천당가의 가주가 중독되었다는 이야기도 있고 주화입마에 들었다는 이야기도 들리더구나."
가주 팽강위의 말에 집법당주 팽대위가 고개를 절레절레 흔들었다.
"허허, 형님, 천하의 당가주가 중독되었다고요? 무슨 귀신 씻나락 까먹는 소리랍니까?"
"그래서 나도 소문으로만 치부했지. 하지만, 당가의 서신을 보니 아무래도 사실인 것 같구나."
"허, 그게 사실이라면 경천동지할 일이 아닙니까?"
"이 소식을 전한 천리 표국은 이것을 소문이 아닌 사실로

믿고 있다."

"천리 표국이 준 정보였습니까?"

"그러니 꽤 신빙성이 있는 이야기지."

"그런데, 사천당가의 가주가 상태가 안 좋은 것과 무가지회가 무슨 관계입니까? 가주의 상태가 안 좋다면 도리어 무가지회를 연기해야 하는 게 아닌가요?"

"나는 그 반대로 생각한다."

"반대라니 그게 무슨 말씀입니까?"

"다른 세가의 도움을 받으려는 것이지."

"십대세가가 무슨 의원도 아니고, 왜 우리의 도움을 바란답니까?"

"아마 하남정가를 구한 의원을 찾고 있는 게 아닌가 싶구나."

"하남정가를 구한 의원이라면……."

"정체가 밝혀지지 않은 의원을 찾는 것이겠지. 그 의원이 청운사신이라는 이름의 은둔 기인이라는 이야기도 있고, 우리 하북팽가와 관련되었다는 이야기도 있고, 소문은 무성했지만, 밝혀진 바는 없지."

말을 마친 팽강위는 의미심장한 웃음을 지으며 한빈을 바라봤다.

팽강위는 하남정가를 구한 의원이 한빈과 관계가 있을지 모른다는 심증만 있을 뿐 자세한 정황은 아직 모르는 상태.

시선을 받은 한빈은 어색하게 웃으며 맞장구쳤다.

"맞습니다. 그때 하남정가의 가주 어르신이 기운을 차리신 것은 정말 기적이었습니다. 어찌 보면 강호의 기사 중 하나로 기록될 일이죠."

한빈은 남의 말을 하듯 담담한 목소리로 답했다.

자신이 한 일이라 밝히는 것은 아직 시기상조.

"나도 그렇게 생각한단다."

팽강위는 마치 무언가 알고 있다는 듯 흐뭇한 미소를 한빈에게 보냈다.

한빈은 그 미소의 의미를 알 것 같았다.

하남정가에 있었던 일의 대부분이 비밀이었다.

하지만 실제 있었던 사실보다 조금 더 부풀려져서 강호에 소문이 돌고 있었다.

거기에 더해 홍칠개는 한빈이 청운사신의 제자라는 소문을 퍼뜨리지 않았던가?

하지만 하남을 넘어 하북까지는 소문이 퍼진 상태였다.

아직 정확한 내막은 모르지만, 하남정가의 가주를 치료한 의원과 한빈이 모종의 관계가 있다고 생각하는 것 같았다.

그때 팽대위가 다시 물었다.

"그럼 서찰을 잘 전달해야 하는 게 아닙니까? 왜 위험하게 저런 사신첩을 우리에게 던져 놓고 가는 겁니까?"

따지는 듯 묻는 팽대위.

대답한 것은 한빈이었다.

“그건 제가 말씀드리겠습니다. 아마 서신을 전달한 자의 마음이 급해서일 겁니다. 강북 오대세가를 다 돌아야 하며, 그 와중에 하남정가의 가주를 구한 의원도 찾아야 하니까요. 사천당가의 가주는 점점 상태가 악화되고 있고요.”

“그게 이해가 안 된다는 말이다. 그렇게 급하면 하남정가로 찾아가서 부탁을 해야지.”

“아마 다른 이가 찾아갔을 겁니다. 하지만, 하남정가에서는 그 의원이 누군지 절대 가르쳐 주지 않을 겁니다.”

“오호, 네가 어찌 그리 하남정가의 속까지 아느냐?”

“저는 청명환을 건네며 죽을 고비를 넘기지 않았습니까? 그러니 하남정가와의 거래 권한을 제게 준 것이겠지요.”

물 흘러가듯 술술 답하는 한빈의 말에, 팽대위도 고개를 끄덕였다.

“네 말이 맞는 것도 같구나. 그런데 한 가지 이상한 점이 있구나.”

“청명환을 건넨 공로치고는 하남정가에서 네게 쏟아붓는 정성을 보면…….”

팽대위에 말에 한빈이 살며시 웃었다.

난독증에 걸린 사람치고는 눈치가 백 단이기 때문이었다.

“집법당주님의 혜안에 감탄할 따름입니다.”

“그럼 하남정가와 다른 거래가 있단 말이구나?”

"그건 제 영업 비밀입니다."

한빈이 활짝 웃으며 너스레를 떨자, 팽대위는 할 수 없다는 듯 고개를 끄덕였다.

그 후, 그들은 사천당가의 사정에 대한 서로의 의견을 주고받았고, 사천당가의 사정이 그만큼 급박하게 돌아가고 있다는 결론을 내렸다.

팽대위는 마른침을 삼키다가 뭔가 생각났는지 자리에서 일어났다.

"잠시만 기다리십시오, 형님."

"어디를 그리 가려고……."

"잠시만요!"

팽대위는 뒷간이 급한 사람처럼 자리에서 사라졌다.

모두가 그 모습에 고개를 갸웃하고 있을 때, 팽대위는 다시 나타났다.

눈 몇 번 깜짝일 정도의 시간이었다.

그는 자신의 몸집만 한 통을 짊어지고 왔다.

팽대위는 그 통을 모두의 앞에 내려놨다.

모두가 고개를 갸웃하자, 팽대위가 말했다.

"지난번에 제가 담가 놓은 매실주입니다. 이번 건 매실 향이 제법 좋을 겁니다. 아무래도 이야기가 길어질 것 같은데, 마시면서 이야기를 나누는 것이 어떻겠습니까?"

"그래, 그러자꾸나."

팽강위의 허락이 떨어지고 취중 회의가 이루어졌다.
술잔이 한 바퀴 돌자, 팽대위가 눈매를 좁히며 물었다.
"그럼 또 다른 소문은 무엇입니까?"
"무엇을 말하는 것이냐?"
"아까 몇 가지 소문이라고 하셨잖습니까, 형님?"
"아, 그랬지."
팽강위가 기분 좋게 웃으며 술잔을 털어 넣었다.
그러고는 잠시 뜸을 들이다가 입을 열었다.
"그것은 바로 사파의 결집에 관한 이야기네."

다음 권으로 이어집니다

꿈의 도약, 로크에서 하십시오
(주)로크미디어에서 신인 작가를 모십니다

즐거운 세상, 로크미디어는 꿈을 사랑하고 도전을 두려워하지 않는 작가분들의 참신한 작품을 기다리고 있습니다. 21세기 장르 문학계를 이끌어 갈 차세대 선두 주자 (주)로크미디어에서 여러분의 나래를 활짝 펴 보시길 바랍니다.

모집 분야 판타지와 무협을 포함한 장르 문학
모집 대상 아마추어 작가, 인터넷 작가
모집 기한 수시 모집

작품 접수 시 유의 사항

1. 파일명은 작가명_작품명.hwp형식을 갖춰 주십시오.
1. 파일에 들어갈 내용은 다음과 같습니다.
   - 성명(필명인 경우 실명을 밝혀 주세요), 연락처, 이메일 주소
   - 제목, 기획 의도
   - A4용지 1장 분량의 등장인물 소개
   - A4용지 2장 분량의 전체 줄거리
   - 본문
1. 작품이 인터넷에 연재되고 있다면, 게시판명과 사이트의 구체적이고 정확한 주소를 기재해 주십시오.

선택된 작품은 정식 계약 후 출판물로 간행되어 전국 서점에 유통됩니다.
작가 분은 (주)로크미디어의 전폭적인 지원하에 전속 작가로 활동하시게 됩니다.
※ 자세한 내용은 로크미디어 홈페이지(rokmedia.com)를 참조하세요.

(03920)서울시 마포구 마포대로 45 일진빌딩 6층
(주)로크미디어 편집부 신간 기획 담당자 앞
전화 : 02) 3273-5135
www.rokmedia.com 이메일 : rokmedia@empas.com